JEWEL

Zu viele Nächte

Buch

Schon seit frühester Kindheit schrieb Jewel Gedichte und vertraute sich ihren Tagebüchern an. Dies war ihr Weg, nach der Wahrheit und nach der Bedeutung des Lebens zu suchen. Doch Jewel wußte immer, daß es auch Worte gibt, die jenseits der Musik zum Klang gebracht werden müsssen: »Ich habe gelernt, daß nicht alle Lyrik Musik verträgt – manche Gedanken brauchen die Stille.«
Jewel spricht über die erste Liebe und den Verlust der Unschuld, sie taucht in ihren Gedichten ein in eine Welt, die Vertrauen und Verrat, Nähe und Entfremdung kennt. Immer begleitet jedoch von Gedanken an ihre Familie, an Alaska, das Land, das sie geprägt hat, und an die Menschen, die sich ihr in ihrem außergewöhnlichen Leben genähert haben.

Autorin

Jewel Kilcher wuchs in Alaska auf und lebt heute in San Diego, CA. Ihr großes Talent wurde entdeckt, als sie mit ihrer Mutter in kleinen Bars als Folksängerin auftrat. Ihr Debütalbum »Pieces of You« wurde 1997 zum zweitbesten Album des Jahres gewählt, nur noch übertroffen von den Spice Girls und ihrem Welterfolg mit »Spice«.

JEWEL

Zu viele Nächte

Gedichte

Aus dem Amerikanischen
von Martina Wolff

GOLDMANN

Die amerikanische Originalausgabe erschien 1998
unter dem Titel »A Night Without Armor«
bei HarperCollins, New York

Deutsche Erstausgabe 6/1999
Copyright © der Originalausgabe 1998 by Jewel Kilcher
Copyright © der deutschsprachigen Ausgabe 1999
by Wilhelm Goldmann Verlag, München,
in der Verlagsgruppe Bertelsmann GmbH
Umschlaggestaltung: Design Team München
Umschlagfoto: © 1998 by Brigitte Lacombe
Layout/DTP: Martin Strohkendl
Druck: Presse-Druck Augsburg
Verlagsnummer: 44533
FB · Herstellung: Sebastian Strohmaier
Made in Germany
ISBN 3-442-44533-7

1 3 5 7 9 10 8 6 4 2

Ich widme dieses Buch

Dem, in Dem wir leben, handeln und sind,
meinen Eltern, Nedra Carroll und Atz Kilcher,
meinen Brüdern Shane, Atz und Nikos und dem Land,
das mein Herz singen läßt, Alaska

Inhalt

Danksagung

Den folgenden gilt meine Dankbarkeit:

Meiner Großmutter Ruth Kilcher; meiner Familie; Jacqueline Snyder; meinem Lektor Mauro DiPreta und meiner Agentin, Sandra Martin; der Künstlerin Pat Steir; der Fotographin Brigitte Lacombe; Ingrid Sischy; Bridget Hanley; Keith Anderson; BiBi Bielat; Lee Green; und allen bei *HarperCollins* und *Atlantic Records*, die dieses Buch möglich gemacht haben.

Vorwort

»Manche Menschen reagieren körperlich auf die Magie der Poesie, auf diese Augenblicke echter Offenbarung, auf die einzigartigen Momente von Kommunikation, von *Vertrautheit* … Ein gutes Gedicht verändert die Wirklichkeit. Die Welt ist nicht mehr dieselbe, sobald ihr ein gutes Gedicht hinzugefügt wurde. Ein solches Gedicht formt Gestalt und Bedeutung des Universums mit, es hilft, das Wissen eines jeden von sich selbst und der Welt um ihn herum zu mehren.« Dylan Thomas (1913–1953)

Bereits früh versammelte meine Mutter meine Brüder und mich nach der Schule zu »Workshops« in Musik, Bildender Kunst und Schreiben. Ich wuchs auf mit der Liebe zur Lyrik von Shakespeare, Dylan Thomas, Rumi, Yeats und anderen Dichtern, die sie uns vortrug. Sie las auch ihre eigenen Arbeiten vor und lehrte uns, selbst zu schreiben. Mir eröffnete Lyrik die Möglichkeit, Dinge auszudrücken, für die ich sonst keine Stimme gehabt hätte, und ich entdeckte ihre Kraft, ihre Seele – durch sie können wir erkennen; können wir fühlen, spüren und verstehen, weit über den bloßen Wortsinn hinaus.

Lange bevor ich meine ersten Liedtexte schrieb, formte ich in meinen Tagebüchern Wörter zu Gedichten; und auch heute bildet Lyrik die Basis meiner Songtexte. Meine Lieder sind stark beeinflußt von Pablo Neruda, Bukowski, Octavio Paz; und musikalisch bewundere ich poetische Songschreiber wie die von Tin Pan Alley oder Bob Dylan, Joni Mitchell, Leonard Cohen und Tom Waits. Jeder von ihnen schlägt eine Brücke zwischen Lyrik und Musik.

Ich habe gelernt, daß nicht alle Lyrik Musik verträgt – manche Gedanken brauchen die Stille. Es gibt sanftere, unzugänglichere Regionen in uns, die dennoch so wichtig sind für Offenherzigkeit und Frieden, für die Entfaltung von Spiritualität und Visionen in unserem Leben und für das Öffnen unserer Seele. Lyrik bahnt einen Weg zu diesen innersten Regionen, dorthin, wo wir verstehen, wer wir waren, wie wir erkennen und wo wir entscheiden, wer und was wir sein wollen. Durch sie werden wir vertraut mit uns selbst und mit dem, was menschliche Erfahrung ausmacht. Sie rührt an das Göttliche in uns und flüstert uns all jenes zu, für das es keine Worte gibt; so bringt sie Ausgewogenheit in unsere Identität als Menschen.

Für mich ist Lyrik die ehrlichste und unmittelbarste Kunstform, sie ist direkt und ungefiltert. Sie ist unverzichtbarer, kreativer Ausdruck und verdient größere Aufmerksamkeit, höhere Wertschätzung und mehr Verständnis, breiteren Raum in unserer Kultur und unserem Alltag. Es gibt soviel wunderbare Lyrik in der Welt, die gehört werden will, die eine Stimme sucht. Ich hoffe, dazu beizutragen, ihr eine Stimme zu geben.

As a Child I Walked

As a child I walked
with noisy fingers
along the hemline
of so many meadows
back home

Green fabric
stretched out
   shy earth
   shock of sky

I'd sit on logs like pulpits
listen to the sermon
of sparrows
and find god in Simplicity,
there amongst the dandelion
and thorn

Als Kind ich ging

Als Kind ich ging
verweilend
mit trommelnden Fingern
entlang des Saums so vieler Weiden
daheim

Grünes Gewebe,
endlos ausgebreitet
   schüchterne Erde
   knallendes Himmelsblau

Ich hockte auf Stämmen wie Kanzeln,
lauschte der Predigt
von Spatzen
und fand Gott in der Einfachheit
dort zwischen Blüte
und Dorn.

The Bony Ribs of Adam

I left the bony ribs of Adam
for the fruit
of my own
personal desire

Its scent still heavy
upon my flesh
my absence still
thorn
to his side

But now how my belly
hollows and aches
    craving seed
    craving kisses
but outside the road hisses

and I find myself
packing girlishness
in an old leather bag

love stepping lightly
away from the door

Adams dürre Rippen

Ich floh die dürren Rippen Adams
für die Fülle
meiner ureigenen
Wünsche

Sein Duft noch schwer
auf meinem Fleisch
mein Fehlen noch
ein Stechen
in seiner Seite

Doch wie jetzt mein Leib
bebt und schmerzt
    sich nach Samen sehnt
    nach Küssen dürstet
doch draußen die Straße flüstert

und dann stehe ich da
und packe mein Jungmädchentum
in einen alten Lederbeutel

und sacht gibt die Liebe
die Tür frei.

Wild Horse

I'd like to call you my wild horse
and feed you silver sage

I'd like to paint my poems
with desert tongued clay
across
your back
and ride you savagely
as the sweet and southern wind
through a green and wild Kentucky

I'd like to make you my secret sun
blazing dark and red in the orchards
and I would steal away
to watch the way
your silver belly bends
and bows beneath me

I'd make you my wings
in the foothills of Montana
my lover in the oceans of the world

I'd make you my many calico children
and scatter you
across
the green memories of home

I'd be your hungry Valley
and sow your golden fields of wheat
in my womb

Wildpferd

Wie gern würd ich dich mein Wildpferd nennen
Und dir füttern silbernen Salbei

Ich zeichnete meine Verse
mit wüstenfarbenem Ton
auf
deinen Rücken
und würde dich reiten
wie der süße Wind des Südens
durch ein grünes, wildes Kentucky

Du wärest meine heimliche Sonne
führtest mich glühend und dunkel durch die Haine
ich würde mich davonstehlen
unter mir
dein schimmernder Bauch
sich streckend und beugend

Du wärest mir Flügel
In den Unwegsamkeiten Montanas
Mein Liebhaber in den Ozeanen der Welt

Du wärest mir unzählige Kattun-Kinder
verstreut
über
die grüne Erinnerung an Zuhause

Ich wäre dir ein hungriges Tal
Und säte dir goldene Weizenfelder
In meinem Leib

Bukowsky's widow

My prince has slipped!
and his face has turned
   to shadow

his tongue no longer strong
but gray (how sad!)
it used to be so full
   of spit and roses

My prince the stars have
fallen from your crown
And I can not fathom
their fading –
some things should be forever!

You've taken your coal
and your seaward gaze –

You've taken your will
and your weakness and left

me with nothing but
words to keep me warm
   But I don't want them!
   Take them back!

I want Paris
I want you drunk on wine
I want to walk with you
   and hold you up
and giggle and kiss

Bukowskys Witwe

Mein Prinz gefallen!
und sein Gesicht
beschattet

seine Zunge nicht länger stark
nur grau (so traurig)
die sonst doch troff
von Spucke und von Rosen

Mein Prinz, die Sterne
stürzten aus deiner Krone
Und ich kann nicht begreifen
wie sie fallen, verblassen –
Manche Dinge müßten ewig währen!

Du nahmst dein Feuer
und den Blick Richtung See –

Du nahmst deine Stärke
deine Schwäche und ließest

mich zurück, mit nichts
als Wörtern, mich zu wärmen
    Aber die will ich nicht!
    Nimm sie zurück!

Ich will Paris,
dich betrunken von Wein
ich will mit dir gehen
    und dich stützen
und kichern und küssen

God how I miss
your smile and thick skin

At night
   (Do you remember?)
   How I'd worry
and you'd press me tight
against you. Extinguishing
   the red flame
of my head against
your shoulder
   Smooth as chalk dust you'd laugh
in the face of
death and uncertainty
   Do you remember?
You'd say time knew nothing
well now you're gone
and time is all I have left

Gott, wie ich sie vermisse
Dein Lächeln und deine dicke Haut

Nachts
   (weißt du noch?)
   Wenn es dir schlechtging
und du mich an dich
    gepreßt hast. Die rote Flamme
   meiner Haare
verschwand in deiner Schulter.
   Geschmeidig wie von Kreide dein Lachen
angesichts von Tod und Unsicherheit
    Weißt du noch?
Du meintest, die Zeit sei töricht
nun, jetzt bist du weg
und Zeit ist alles, was mir bleibt

You Tell Me

It cannot be so
  you say
simple hands
cannot change
the fate of humanity.
  I say
Humanity is
a boundless,
absorbing heart
transcending
death & generations
and centuries
absorbing bullets
and stitches
and tear gas
enduring humiliation
and illegal abortions
and thankless jobs
  I say to you
the heart of Humanity
has not
and will not
be broken
And let us raise ourselves
like lanterns
with the millions of others –
with the mad
and the forgotten
and the strong of heart
to shine

Sagst du

Es geht nicht
sagst du
mit bloßen Händen
kann man nicht
das Schicksal der Menschheit ändern.
    Ich sage
die Menschheit ist
ein grenzenloses
weites Herz
sie absorbiert
Tod, Generationen und
Jahrhunderte,
verwindet Geschosse
und Stiche
und Tränengas,
erträgt Erniedrigung
und illegale Abtreibungen
und Undank
    Ich sage dir
das Herz der Menschheit
ist nicht
und wird nicht
gebrochen
und so wollen wir aufragen
wie Leuchttürme
mit Millionen anderen
mit den Verwirrten
und den Vergessenen
und denen starken Herzens
und strahlen.

Paramount,
NY, 9:34 a. m.

In the morning tiny bells go off
that light a darkened path
Reluctant as pinpricks
dawn pierces sleep
with nimble fingers
I am unwoven
    the rich yoke of slumber
    unraveled thread by thread
until I am naked and glistening
standing before the newness
of another day
a tiny form birthed of white linen
and restless dreams

Paramount,
New York, 9:34 Uhr morgens

Morgens läuten kleine Glocken
leuchten auf dem dunklen Pfad
Mit zögerlichen Nadelstichen
durchdringt die Dämmerung den Schlaf
flinke Finger
entweben mich
   vom dichten Kokon des Schlummers
   lösen ihn auf, Faden für Faden
bis ich nackt und glänzend
dastehe vor einem weiteren
neuen Tag
eine zierliche Gestalt
geboren aus weißem Leinen
und ruhelosen Träumen

It Has Been Long

It has been
long and
Bony since
your willing
ways since
those thirstful
days of
summer nights
and Burning Beds

Die Zeit war lang

Die Zeit war
lang und
knöchern seit
du mich genommen hast
seit jenen durstvollen
Tagen
mit Sommernächten
und lodernden Liebeslagern

Too Many Nights

It's been
too many nights
   of being with

to now be suddenly
without

Zu viele Nächte

Zu viele Nächte schon
zusammen
  mit dir

um jetzt so plötzlich
ohne dich
  zu sein

I Look at Young Girls Now

I look at young girls now
in their tight crushed velour
skin tight sky blue
hip huggers with the baby doll
tank tops
and I think
   I've been there.
   God, have I been there.

Sixteen years old and
wrestling with an overwhelming
newfound sexuality.
Parading it in all its
raw and awkward charm.

I had a pair of vintage
burgundy velvet short-
shorts that laced up
the sides
from the 1920s
and I wore them
with a tight leotard
and a plastic faux pearl
choker

showing off all my lanky
leggy blossoming
youth on the verge
of womanhood for all the
free world to see
with no idea how to keep
a secret, especially my own.

Wenn ich jetzt junge Mädchen sehe

Wenn ich jetzt junge Mädchen sehe
in engen Samtklamotten
hautengen, himmelblauen
Hüfthosen und ärmellosen
Baby Doll Tops
dann denke ich
das kenn ich schon
Himmel, das hab ich hinter mir.

Sechzehn erst und
ringend mit meiner überbordenden
neuentdeckten Sexualität
Stellte ich sie zur Schau
in all ihrem ungeschliffenen unbeholfenen Charme.

Damals trug ich
burgunderfarbene Samtshorts
an den Seiten geschnürt
aus den Zwanzigern
darunter einen Catsuit
und dazu
eine falsche Perlenkette.

Ich stellte all meine ungelenke
langbeinige blühende
Jugend zur Schau
vor der ganzen Welt
beinah schon Frau
und ahnte nichts von der Kunst
ein Geheimnis zu bewahren
am allerwenigsten
mein eigenes.

Seattle

Tonight on the street I saw a woman
whose hard living
had turned her into a weak man;
robbed of all softness. No magic. No awe.
She had bruised breasts and was
arguing with a drunk boyfriend
in the middle of the road.
He held her collar while her sour face
reddened and hollered and spit
until finally
he threw her down like a beetle
on its back –
her thick skin cursing.
I wanted to stare
but just kept walking like all the other passersby.
The clear bottle
of vodka in her hand
lighting up
like a watery lantern.

Seattle

Heute abend sah ich eine Frau auf der Straße
deren unbarmherziges Leben
sie zu einem schwachen Mann hatte werden lassen:
beraubt jeglicher Sanftheit. Kein Zauber mehr. Keine
    Ehrfurcht.
Ihre Brüste malträtiert, zankte sie sich
mit ihrem betrunkenen Freund
mitten auf der Straße.
Er hielt sie am Kragen gepackt, während ihr verhärmtes
    Gesicht
Rot anlief, brüllte und spuckte,
bis er sie schließlich
zu Boden stieß, rücklings
wie einen Käfer –
ihr dickes Fell verfluchend.
Ich wollte hinstarren
ging aber einfach weiter wie die anderen Passanten
Die klare Flasche
Wodka
leuchtete auf in ihrer Hand
wie eine wässrige Laterne.

Saved from Myself

How often I've cried out
in silent tongue
to be saved
from myself

in the middle of the night
too afraid
to move

horrified the answer may
be beyond the
capability of my
own two hands

so small

(no one should feel this alone)

Gerettet vor mir selbst

Wie oft schon hab ich aufgeschrien
lautlos
um Rettung
vor mir selbst

tief nachts
und zu verängstigt
mich zu rühren

versteinert angesichts der Möglichkeit
die Lösung könnte die Kraft
meiner beiden Hände
übersteigen

so klein

(niemand sollte das allein durchmachen)

Taking the Slave

Burn

her eyes
without hope of
understanding them

Kiss

her mouth
that you may
fathom
its strange tongue

Indulge

in her brown skin
because
it reminds you
of Mother

Rape

her mind
because it is not your own
but so sweet
so familiar

like coming home

to a native land
your pale and inbred hands
can only faintly fathom

Die Sklavin zu nehmen

Blende sie
ohne Hoffnung
sie zu verstehen

Küß

Ihren Mund
auf daß du seine
fremde Zunge
erfährst

Genieße

ihre braune Haut
weil
sie dich
an Mutter erinnert

Vergewaltige

ihr Bewußtsein
weil es nicht deins ist
aber dennoch so süß
und vertraut

wie heimzukehren

in das Land deiner Geburt
das deine blassen, inzestgeschwächten Hände
kaum erfassen können

Sun Bathing

I read a book
and the man thinks
I can not see
the wrinkled posture
of his son
as he is nudged.
He thinks
I can not sense
four eyes
upon my flesh
as the father tries
to bond with
his teenage boy
by ogling my breasts.

Sonnenbad

Ich lese
und der Mann denkt
ich sähe
die Verrenkungen
seines Sohnes nicht
als er ihn anschubst.
Er denkt
Ich würde sie nicht spüren
Die beiden Augenpaare
auf meinem Fleisch
als der Vater versucht
seinen minderjährigen Sohn
zum Kumpan zu machen
beim Begaffen meiner Brüste.

Red Roof Inn, Boston

I miss you miserably, dear
and I can't quite manage
to face this unbearably
large bed
alone.

I find myself avoiding sleep

busying myself with
menial chores

so I pick up my guitar

stare at books with bleary eyes

get restless then shave
my armpits with your razor
and cheap hotel soap.

Red Roof Inn, Boston

Ich vermisse dich so sehr, mein Liebster
und ich kann es kaum ertragen
diesem riesigen Bett gegenüberzutreten
allein.

Ich stelle fest, wie ich den Schlaf meide

mich beschäftige
mit Nebensächlichkeiten

zu meiner Gitarre greife

trübe in irgendwelche Bücher starre

unruhig werde und schließlich
meine Achseln rasiere
mit billiger Hotelseife
und deinem Rasierer.

So Just Kiss Me

So just kiss me and let my hair
messy itself in your fingers

tell me nothing needs to be done –
no clocks need winding

There is no bell without a voice
needing to borrow my own

instead, let me steady myself
in the arms

of a man who won't ask me to be
what he needs, but lets me exist

as I am

    a blonde flame
    a hurricane

wrapped up
in a tiny body

that will come to his arms
like the safest harbor

    for mending

Küß mich doch einfach

Küß mich doch einfach und laß mein Haar
sich verfangen in deinen Fingern

sag mir, daß nichts zu erledigen ist
keine Uhr, die wir aufziehen müßten

Kein Anliegen ohne seinen Anwalt,
das meiner Stimme bedürfte

statt dessen, laß mich Halt finden
in den Armen

eines Mannes, der in mir nicht sucht
was er braucht, sondern mich sein läßt

was ich bin

    eine blonde Flamme
    ein Hurrikan

verpackt in
einem zierlichen Körper

der seine Arme sucht
wie den sichersten aller Häfen

    um ganz zu werden

Second Thoughts in Columbus, Ohio

I find it strange that we search
our whole lives for love
as though it were the
final treasure
the solemn purpose of people
in movies and magazines.
Yet when it comes to your door
one morning with calm eyes to deliver itself
you realize it alone is not enough.

You are before me, sweet man,
and I am thinking
Aren't I supposed to give up
everything?
Aren't I supposed to be brave
and abandon
each dream and aspiration
and yield utterly to this
elusive beast love,
to your soft belly and companionship?

Aren't we supposed to
have a piece of land – and children! –
that look like you, and cook
soup and bread and sing
each other songs before sleep
and absentmindedly count the stars
from our front porch as we pray
for each other's keep
and pretend
forever is a word known
not only by the heart?

Zweifel in Columbus, Ohio

Ist es nicht komisch, ein Leben lang
suchen wir nach der Liebe
wie nach dem
ultimativen Schatz
dem wahren Beweggrund all dieser Leute
in Filmen und Illustrierten.
Aber wenn sie anklopft
eines Morgens, und mit ruhigem Blick ›Hier bin ich‹ sagt
dann erst begreifst du, sie allein reicht nicht aus.

Du stehst vor mir, du wunderbarer Mann
und ich denke:
Muß ich nun nicht alles
aufgeben?
Muß ich nun nicht tapfer sein
und verzichten
auf jeden Traum und jeden Ehrgeiz
und mich ganz ergeben
diesem flüchtigen Biest Liebe
deinem weichen Bauch, dir sanfter Gefährte?

Brauchen wir nicht
Unser eigenes Land – und Kinder! –
die aussehen wie du, und müssen wir nicht
Suppe kochen und Brot backen und
einander Schlaflieder singen
und versonnen Sterne zählen
auf der Veranda und dabei beten
für des anderen Wohl
und so tun
›für immer‹ seien Worte
die nicht nur das Herz kennt?

Cautious

You don't call

   anymore.
You say
it hurts
   too much
your heart
like one of
those
   fragile cactus flowers
cast amongst
thorny ribs.

So ready
to be
hurt.

Vorsichtig

Du rufst mich

   nicht mehr an.
Du sagst
es tut
   zu weh
dein Herz
wie eine
von diesen
   fragilen Kaktusblüten
gefangen
zwischen Dornenrippen.

So willig
verletzt
zu werden.

The Dark Bells

The dark bells
of midnight
tolled
for no others –
those were our names
rising forth
from their rusty throats
like small birds
falling from the nest.

My heart turned seaward,
sea-sick from
all the things
I would have to tell you …
My hands
pale knives
that held your face
in the twilight
of our bedroom,
in the turbulence
of our hearts.
My tongue
   (the same tongue
   that kissed you!)
endeavored, with
tiny incisions, successful as paper cuts,
to free you
from my side.
The dark weight of the hour
humming madly
filling my head
with blood

Die düsteren Glocken

Die düsteren
Mitternachtsglocken
schlugen für niemand sonst –
nur unsere Namen
stiegen auf
aus ihren rostigen Kehlen
wie junge Vögel
gestürzt aus dem Nest.

Mein Herz wandte sich seewärts
seekrank von
allem
was ich dir sagen müßte ...
Meine Hände
bleiche Schneiden
hielten dein Gesicht
im Zwielicht
unseres Schlafzimmers,
im Tumult
unserer Herzen.

Meine Zunge
  (dieselbe Zunge,
  die dich küßte)
mühte sich redlich,
dich mit winzigen Schnitten,
präzise wie die von Papier,
freizuschneiden,
von meiner Seite.
Die düstere Schwere der Stunde,
ihr irres Summen
füllte mein Herz

and sorrow
and dread
the executioner's song.

mit Blut
und Sorge
und Furcht –
des Henkers Weise.

The Inertia of a Lonely Heart

The world is full of cripples
and endless nights
and broken fruit
and calls that never come through
and restless dreams
   that fear being awake
and stars that lose themselves
and waves that are always leaving
and bitten mouths
and lonely bars
and rosy nipples
   rosy as dawn
   rosy as the first blush of youth
and tired people
and lonely hearts
opening, orbiting
crashing into open mouths
and hungry eyes
and empty-handed lovers;
the inertia of loneliness
a miserable force

Die Trägheit eines einsamen Herzens

Die Welt ist voller Krüppel
und endloser Nächte
und fauliger Früchte
und Anrufen, die dich nie erreichen
und rastloser Träume
die das Wachsein fürchten
und Sterne, die sich verlieren
und Wellen, immer auf dem Sprung
und verletzter Münder
und einsamer Bars
und rosiger Brustwarzen
    rosig wie die Dämmerung
    rosig wie das erste Erröten der Jugend
und müder Menschen
und einsamer Herzen
die sich öffnen und umkreisen
und in aufgerissene Münder stürzen
und in hungrige Augen
und Liebhaber mit leeren Händen;
die Trägheit der Einsamkeit
eine jämmerliche Macht

Collect Beads of Night

Collect beads of night
Fill your
skin with the dark weight of the
wet sky. Let boldness live in your heart
and I will recognize you
amongst the many
and claim you
as my own

Sammle Perlen der Nacht

Sammle Perlen der Nacht
Füll deine
Haut mit der dunklen Schwere
nasser Luft. Laß Verwegenheit in deinem Herzen leben
und ich werde dich erkennen
unter den vielen
und dich einfordern
als mein

Communion

my flesh melts
on your tongue

my breast dissolves
beneath your desire

my ears turn to wind;

roots reclaim my veins.

My stomach disappears
with its lunar twin

water taking my will until

I am reduced to a glimmer

boiled down to a spark

sifted into tiny stone

that has many wings
nesting inside your palm

Kommunion

Mein Fleisch schmilzt
auf deiner Zunge

meine Brust vergeht
unter deiner Lust

meine Ohren werden zu Wind

Wurzeln erobern meine Adern zurück.

Mein Magen verschwindet
mit seinem lunaren Zwilling

Wasser schwemmt meinen Willen davon

bis ich nur noch ein Glimmen bin

geschmolzen zu einem Funken

gerüttelt zu winzigen Quarzen

mit vielen Flügelchen

geborgen in deiner Hand

Love Poem

We made love last night
beneath the stars.
The moon's Cycloptic eye
unblinking
staring us down
uncovering our bodies of the darkness
like naked roots
we tangled ourselves
thighs and elbows heavy fruit
shiny as winter chestnuts.

Body of the man I love –
bitten mouth, tangerine lips
rose petal surprise of tongue.
I could wander the continent
of your golden valleys
without ceasing
and delight each day
in discovering
a new dawn
rising from the depths
of your mysterious being.

Liebesgedicht

Wir haben uns geliebt, letzte Nacht,
unter den Sternen.
Der Mond, zyklopisch
starrte er uns an,
beraubte unsere Körper der schützenden Decke
    des Dunkels.
wie nackte Wurzeln,
umrankten wir einander,
der Schenkel, Arme schwere reife Frucht,
schimmernd wie Kastanien.

Körperlandschaft meines Liebsten –
rauh von Küssen, dein Blutorangenmund,
zauberhafte Rosenblütenzunge
ich könnte dauernd diesen Kontinent erobern
voll goldener Täler
ohne Unterlaß
könnte Erfüllung finden,
täglich neu entdeckend
dein rätselhaftes Wesen
tief verschleiert
wie von Dämmerung,
die aufsteigt
durch schimmernde Körpertäler

Father of a Deaf Girl

Every time her hands began to stutter he became enra-
ged. She threw these fits sometimes, and he never took
the time to understand what they meant. Her words were
wasted on him. Her hands useless birds caged by their
quietness, and he would immobilize them, tying her
wrists together so they'd jump like awkward fish, gasping
at the shock of air. Un-heard they'd dance like that for
hours, her eyes full of silent desperation, on the other
side of the closet door. He never even knew what they
were saying.

> *I want to fly from here! I want to fly from
> here! I want to fly from here! I want to fly
> from here! I want to fly from here! I want to
> fly from here!*

Vater eines tauben Mädchens

Jedesmal, wenn ihre Hände stotterten, wurde er wütend.
Sie hatte manchmal diese Anfälle, und nie nahm er sich
Zeit, sie zu verstehen. Ihre Worte waren vergeudet an
ihn. Ihre Hände nutzlose Vögel, gefangen in ihrem
Schweigen, und er fror sie ein, fesselte ihre Handgelenke
aneinander, so daß sie hüpften wie verzweifelte Fische,
die erstickten an Land. Un-gehört tanzten sie so stundenlang, ihre Augen voll stummer Verzweiflung, hinter
der Schranktür. Er erfuhr nie, was sie sagten.

> *Ich will hier wegfliegen. Ich will hier wegflie-
> gen. Ich will hier wegfliegen. Ich will hier
> wegfliegen. Ich will hier wegfliegen. Ich will
> hier wegfliegen.*

Dionne & I

We looked in the fridge only to see moldy Kraft singles and some eye cream. That eye cream was our pride and joy, so extravagant and luxurious, it made us feel rich. The cracked walls of the bathroom fading away into the small lights of her tiny vanity mirror.

We may have had no food, but we knew the eye cream was all we needed – we were both young, with pretty faces and a lot of faith in the system.

Some men would take us out.

Dionne & ich

Wenn wir den Kühlschrank öffneten, fanden wir nur schimmlige Kraft-Scheibletten und Augencreme. Die Augencreme war unser ganzer Stolz, so extravagant und luxuriös, wir kamen uns reich vor. Der blätternde Putz im Badezimmer verschwand im Schein der kleinen Lampen ihres schmalen Schminkspiegels.

Wir hatten zwar kein Essen, aber wir wußten, die Augencreme war alles, was wir brauchten – wir waren beide jung, mit hübschen Gesichtern und jeder Menge Vertrauen ins System.

Irgendwelche Männer würden uns schon ausführen.

1 B

The woman sitting next to me
in 1 B has burn marks on her hands.
As she sleeps, I let myself stare
trying to figure out
if it was a cooking accident
or ...

She boarded quietly,
but her eyes
grazed me with
malignant anger.

She is awake now.
I turn away,
look out the window.
Reaching for the phone
the sleeve of her business jacket lifts, revealing
a neat row of round burn marks
all up her forearm.

Was she hurt as a child?
Was it a late husband,
mean boyfriend, crazy sex fetish?

I try to catch the title
of the book she's reading
for clues.
It's just some mystery novel.

I can tell
I'm making her
uneasy.

1 B

Die Frau in 1 B neben mir hat Brandmale auf den
  Händen.
Während sie schläft, starre ich sie an
und rätsele
ist es beim Kochen passiert
oder …

Sie kam ganz ruhig an Bord,
aber ihre Augen
streiften mich
mit bösartigem Zorn.

Jetzt ist sie wach.
Ich drehe mich weg,
sehe aus dem Fenster.
Als sie nach dem Handy greift,
rutscht der Ärmel ihres Kostüms hoch und entblößt
eine exakte Reihe runder Brandnarben,
den ganzen Arm hinauf.

Ist sie als Kind mißhandelt worden?
War es ein Ex-Mann,
ein sadistischer Freund, ein abgedrehter Sex-Fetischist?

Ich versuche, einen Blick
auf ihr Buch zu erhaschen
als Anhaltspunkt.

Bloß ein Krimi.

Ich spüre
ihr Unbehagen

I go back to my writing.

She looks so hard –
like a lot of women in L. A.
Dark secrets hunting her insides,
softness sucked out,
a deep sadness in her eyes.

und schreibe weiter.

Sie sieht so hart aus –
Wie viele Frauen in L. A.
Dunkle Geheimnisse quälen ihr Innerstes,
saugen alle Sanftheit auf,
lassen nur tiefe Traurigkeit zurück
in ihren Augen.

The Slow Migration
of Glaciers

The slow migration of glaciers
unfolding through the centuries
their heavy wing
burdened with all the
weight of the earth
they move and carve and breathe

swollen rivers thick with soot
my pony and I drawing
deep sharp breathe
as we cross
submerged
in all that is natural and Holy

To run free with you once more
to let my hair tangle itself
in a wind that knows only motion

to lose my heart once again.
in the thorns of primrose
on the plains of Fox River Valley
lost in a maze of Timothy and Blue Grass hay.

These are the things which made me
these are the things I call home
these are the things that have filled
my heart with song and I raise them now in homage:

Die gemächliche Wanderung
der Gletscher

Die gemächliche Wanderung der Gletscher
sie breiten über Jahrhunderte
ihre mächtigen Schwingen aus
beladen mit allem
Gewicht der Welt
rücken sie vor, schürfend, atmend

Flüsse, angeschwollen und rußig
mein Pony und ich
tiefe scharfe Atemzüge
wenn wir hindurchwaten
umgeben
von allem, was ursprünglich und heilig ist

Wieder frei mit dir umherzuziehen,
mein Haar sich verfangen lassen
in einem Wind, der nur Bewegung kennt

mein Herz wieder verlieren
zwischen Schlüsselblumen
auf den Ebenen des Fox River Valleys
mich verlieren im Gewirr von
Riespengras und Heu aus Blaugras

Diese Welt hat mich hervorgebracht,
sie ist mein Zuhause
dies alles hat meinem Herzen die Lieder geschenkt,
die ich jetzt anstimmen will:

my father and I riding until after dark
chasing cattle or startling eagles into flight
cooking on a coal stove
cutting meat with a dull knife
my hands raw from picking rose hips
on the sea cliffs above Kackamack Bay
staring endlessly at the blue sky ...

Few would guess now how much I miss
you Alaska

how my heart grows
heavy out here

so far away

So much talk
so much noise
strangling all stillness
so I can no longer
hear the voice of god whisper
to me in the silence

I will return to you, Alaska,
my beloved, but for now
I am youth's soldier
chasing down
an endless dawn

mein Vater und ich, wenn wir in der Dunkelheit ritten
Vieh jagten oder Adler aufscheuchten
auf einem Kohleofen kochten
Fleisch mit stumpfen Messern schnitten
meine Hände zerkratzt vom Hagebuttenpflücken
über den Klippen der Kackamack Bucht
stundenlang in den Himmel starrten …

Kaum jemand ahnt, wie sehr ich dich vermisse
Alaska

wie mein Herz
schwer wird hier draußen

so weit weg.

So viel Geschwätz
so viel Lärm
erdrücken die Stille
und ich kann Gottes Stimme
nicht mehr flüstern hören
zu mir
in der Stille

Ich werde zu dir zurückkehren, Alaska,
mein geliebtes Land, aber jetzt
bin ich der Jugend Söldnerin
immer auf der Jagd
nach nie endender Morgenröte

Tai Pei 1

Midnight.
Blackest sky
Outside my window I can see
A stranger's tongue
wagging and winding its way
through its native streets.

But this is not my home.

I am the stranger here,
with no language but my pen.

Sex fills the air.
It is humid and ancient.
Many lovers have been taken down
exalted, fallen, risen
kissed by the purple finger
that seeks the plum blossomed Love.

I have no Lover
only my pen and an
answering machine
back in the States which
no one calls.

I am told
I am adored by millions
but no one calls.

Taipeh 1

Mitternacht
Schwärzester Himmel
Vor meinem Fenster sehe ich
Eines Fremden Zunge
wedelnd sich windend ihren Weg
durch vertraute Straßen

Aber mir sind sie fremd.

Ich bin die Fremde hier,
die keine Sprache hat, nur einen Stift.

Sex füllt die Luft
Sie ist feucht und uralt
So viele Erzählungen von Liebenden,
Gepriesenen, Gefallenen, Ungeschlagenen
geküßt von jenem purpurnen Finger
der die Pflaumenblüte der Liebe sucht.

Ich habe keinen Liebhaber
nur meinen Stift und einen
Anrufbeantworter
zu Hause in den USA, den
niemand anruft.

Man sagt mir,
Millionen verehren mich
aber keiner ruft an.

Tai Pei 2

Thick night, a cobalt expanse
littered with the bright shock
of yellow and orange neon signs
boasting their wares,
dried fruit or wedding dresses
in the latest style.

A humid claw clings to me,
every movement anticipated
by this moist air,
this Asian sky
with its endless fields
yawning unseen beneath it.

Somewhere out there, an overhead fan
is spinning, ticking, rattling.
A young girl sweats, her
armpits like tidy rosebuds.
The businessman
from Hong Kong pretends to have
fallen asleep while
she washes herself in the sink,
the night sticking to her
insides in a way she can't wash off.

Taipeh 2

Zähe Nacht, kobaltblaue Weite
gesprenkelt mit farbigem Knall
mit gelbem, orangenem Neon
Reklame für ihre Waren
getrocknete Früchte oder Hochzeitskleider
nach neuester Mode.

Eine feuchte Klaue drückt mich nieder
jede Bewegung vorweggenommen
von der feuchten Luft
dieser asiatische Himmel
unter dem sich endlose Felder
gähnend und ungesehen dehnen.

Irgendwo da draußen, hängt ein Deckenventilator
der sich dreht, rattert, tickt.
Ein junges Mädchen schwitzt, ihre
Achselhöhlen zarte Rosenblüten.
Der Geschäftsmann
aus Hongkong tut,
als schliefe er,
während sie sich am Becken wäscht,
die Nacht klebt an ihrem Inneren fest
so daß sie sie
nicht wegwaschen kann.

Tai Pei 3

A warm rain swept across
the streets. Filling spaces
with humid quiet. White noise.
Moist gauze
dulling the edge of
the vendors' pleas.

Woman selling incense
outside the temple. Huge bronze bowls
bellowing smoke,
the room
thick with choking fragrance.

Women of prayer with deep lines
in their faces and blue robes
blessing those who come to them
seeking clarity.

The click-clack of wax pieces
as they are dropped upon the
stone floors, wet with rain,
by a devotee to see if his
prayers have been answered.

The warm mellow golden hue
of the red ceremonial candles
lit in interlocking circles that
climb, circle upon circle, into
a darkening sky.
Fog and rain hanging low and heavy
like a damp and woolen hood.

Taipeh 3

Ein warmer Regen spült über
die Straßen. Füllt jede Nische
mit feuchter Ruhe. Weißes Rauschen.
Feuchte Gaze
wattiert die Rufe
des Straßenverkäufers.

Frauen vor dem Tempel
bieten Räucherstäbchen feil. Riesige bronzene Schalen
fauchen Rauch,
der Raum ist stickig
von ihrem Duft.

Betende Frauen, ihre Gesichter gefurcht
in blauen Gewändern
segnen die, die zu ihnen kommen
Gewißheit suchen

Das Klick-Klack von Wachsstücken,
die ein Getreuer auf den Steinboden wirft
naß vom Regen,
in der Hoffnung auf Antwort
für sein Gebet

Der warme weiche goldene Schein
der rituellen roten Kerzen
entzündet in verbundenen Kreisen,
die aufsteigen, Rund für Rund
in den dunkelnden Himmel.
Nebel und Regen hängen tief,
wie eine klamme wollene Kutte.

On the steps below there is a man
with one leg, whose face
looks carved of wood
   a hysteric smile
   parting his lips.
He reads people's palms.

Unten auf den Stufen
hockt ein Einbeiniger, sein Gesicht
wie von Holz geschnitzt
    ein hysterisches Lachen
    teilt seine Lippen
Er liest aus den Händen der Menschen.

In the South of England Somewhere

In the south of England somewhere
they race lawn mowers
The fastest goes 65 miles an hour
at top speed
with no head wind

I don't know how men run along behind them
Unless it's the kind you sit on –
which seems like cheating

There is a museum there
run by a fanatic
He has memorized and catalogued
the sound each mower makes
noting fondly his favorite three

There are also worm charming contests
Three people to a team
One to charm
one to collect
one to count

Local John McCallister reassures us,
»It's on a strictly catch and release basis, of course.«

Irgendwo im Süden Englands

Irgendwo im Süden Englands,
gibt es Rasenmäherrennen,
wobei 90 kmh bisher Spitze sind,
allerdings nur ohne Gegenwind.

Keine Ahnung wie man da hinterherläuft –
aber vielleicht sind es welche, auf denen man sitzen
    kann,
das hört sich allerdings nach Schiebung an.

Dort betreibt ein Fanatiker ein Museum,
der erkennt jeden Rasenmäher am Klang,
er hat sie alle archiviert,
mit seinem Liebling auf dem ersten Rang.

Es gibt dort Wurmbeschwörungswettbewerbe, manchmal.
Drei Leute pro Team:
einer beschwört,
einer sammelt,
einer wertet die Zahl.

Mr. John Callister erklärt uns eben:
»Natürlich bleiben sie alle am Leben.«

1966

I turned off the TV.
Looked out of my window
to the streets below.
Dry sidewalks.
A line had straightened up
stiff as uncut ribbon
beneath a sign
that read Army Headquarters.

I stared at the boys' faces.
They looked itchy and awkward
like my brother's. I don't know
what kept them in that line,
the sun was hot and unrelenting.

I wondered if my brother
would stand in line, too.
I wondered if it would take him somewhere.
I wondered if all the brothers
in all the world were leaving,
and if there would only be us sisters left
to occupy the empty rooms
with doll clothing and postcards.

1966

Ich drehte den Fernseher ab
Sah aus dem Fenster
auf die Straße runter.
Trockene Bürgersteige.
Eine Schlange hat sich gebildet
steif wie Geschenkband
unter einem Schild
auf dem »Hauptquartier« steht.

Ich starrte in die Gesichter der Jungen,
ungeduldig und betreten,
wie das von meinem Bruder. Ich weiß nicht
was sie in der Schlange hielt,
die Sonne brannte heiß, erbarmungslos.

Ich fragte mich ob mein Bruder
auch anstand.
Ich fragte mich, ob es ihn weiterbrächte.
Ich fragte mich, ob alle Brüder
überall auf der Welt weggingen
und nur wir Schwestern übrigblieben,
um die leeren Zimmer
mit Puppenkleidern und Postkarten
zu bevölkern.

A Couple Sitting on a Bench

He's the skinny one of the two.
He reminds her of it constantly.
He's a very funny guy that way –
ha-ha as she wobbles-to-walk wobbles-to-walk.

Ein Paar auf einer Bank

Er ist der Schlanke von den beiden.
Er erinnert sie ständig daran.
Das ist so eine Macke von ihm –
Ha-ha wie sie wabbelt – beim –
Gehen und schwabbelt – beim – Gehen!

Envy

passionless bodies
with pointless little limbs
that flaunt in vain
such narrowness of frame
with nothing to offer but bone

Neid

leidenschaftslose Körper
mit Gliedern so nutzlos und dünn
die sich vergeblich in Szene setzen
gedrängt, verengt die ganze Statur
bietet sie nichts als Knochen

Pretty

There is a pretty girl
on the
Face
of the magazine
And
all I can see
are my dirty
hands
turning the page

Hübsch

So ein hübsches Mädchen
auf dem
Cover
der Zeitschrift
Aber
alles, was ich
beim Blättern sehe
sind meine
schmutzigen Hände

Those Certain Girls

I am fascinated by
those certain girls
    you know the ones
the women that are always girls
their tiny bodies like
neglected willow trees
    controlled and contorted
which may blow away with
the slightest disappointment

Dieser Typ Mädchen

Er fasziniert mich
dieser Typ Mädchen
  du weißt schon
diese Frauen, die ewig Mädchen bleiben
ihre zierlichen Körper
wie vergessene, verknöcherte Weiden
  voller Kontrolle und Contenance
die schon die leiseste Enttäuschung
umwirft

Sausages

While leaving the airport,
a gypsy woman stole my luggage.
She wore a rice paper mask over her eyes.
A mole showed neatly on her chin,
hairless. She laughed while sausages
fell from her pockets in heavy shivers.
I hope she misses them sorely.

Würstchen

Auf dem Weg aus dem Flughafen
stahl eine Zigeunerin mein Gepäck
Sie trug eine Augenmaske aus Reispapier.
Ein Leberfleck saß auf ihrem Kinn,
haarlos. Sie lachte, dabei fielen Würstchen
in schweren Schauern aus ihren Taschen.
Ich hoffe wirklich, sie gehen ihr ab.

Though I am 8

Though I am 8, my father is 63 years old.
He drinks concoctions of chickweed, garlic, and ordinary
    grass
pulled out of the front lawn. He blends it with
a machine that wakes me every morning.
It makes a loud growl. He is worried, I think,
he won't make it to my high school graduation.

Outside, winter swallows my footsteps
as quickly as they are laid,
which makes me cry.

Obwohl ich acht bin

Obwohl ich acht bin, ist mein Vater 63.
Er trinkt ein Gebräu aus Sternmiere, Knoblauch und
   ganz gewöhnlichem Gras
Von der Wiese vor dem Haus. Von dem Gerät,
mit dem er es mixt, wache ich jeden Morgen auf.
Ein lautes Brummen. Ich glaube, er hat Angst
Mein Abitur nicht mehr zu erleben.

Draußen schluckt der Winter meine Fußstapfen
kaum daß ich sie mache.
Das bringt mich zum Weinen.

Dylan

I had a dream last night
that a little girl came to me.
Her hair was a halo of warm light
and color dripped off her tongue

She was your daughter
and in her I saw the fruit
of everything I'd ever fought for
or believed in, or dreamt of.

Dylan

Letzte Nacht habe ich geträumt
ein kleines Mädchen käm' zu mir.
Ihr Haar wie ein Halo aus warmem Licht
und Farbe tropfte von ihrer Zunge

Sie war deine Tochter
Und in ihr sah ich die Frucht
All dessen, wofür ich jemals gekämpft,
oder woran ich geglaubt, oder wovon ich geträumt habe.

Vincent Said

Vincent said she was like screwing a corpse,
but a 16-year-old corpse with young tits,
so it wasn't bad. She left the door open
while he pretended to be asleep
and did the walk o'shame
through the hotel lobby.

I know his girlfriend, Phyllis,
but I won't tell her.
It's not for me to judge
or discriminate just because
she does
and he won't.

Vincent behauptet

Vincent behauptet, es war, wie wenn du eine Leiche
    fickst,
aber eine 16 Jahre alte mit jungen Brüsten,
also gar nicht schlecht. Sie ließ die Tür offenstehen
während er vorgab zu schlafen
und trat ihren schmachvollen Gang
durch das Hotelfoyer an.

Ich kenne seine Freundin, Phyllis,
aber ich werde ihr nichts sagen.
Ich werde nicht Partei ergeifen,
oder jemanden schlechtmachen
nur weil sie das tut
und er nicht.

Camouflage

A gay man
is sitting in
a hotel lobby
   smoking
a cigarette.
He stomachs my
breasts dutifully
like spinach or lima beans
or other things that
make one sick
because he fears
the red-necks
   at the bar
are on to him.

Tarnung

Ein Schwuler
sitzt im
Foyer des Hotels
    und raucht
eine Zigarette.
Pflichtbewußt verdaut er
den Anblick meiner Brüste
wie Spinat oder weiße Bohnen
oder etwas Ähnliches
von dem einem schlecht wird
aus Angst
die Prolls
    an der Bar
könnten Lunte riechen.

Sara Said

i used to screw without condoms
and let the man
come inside me because
i was too shy
to stop him

then i'd go home
and pray on my pillow
please
please
please
don't let me get pregnant

i couldn't sleep
or eat
   just think

of my 15-year-old life
with a child
PLEASE GOD
DON'T LET ME
GET PREGNANT

then i would bleed
and find relief
until i was at last
at another man's mercy

an open vessel
whose function it was
to be filled
until my consciousness

Sara erzählt

ich hab es immer ohne Kondom gemacht
und ließ den Mann
In mir drin kommen bloß
weil ich zu bange war
ihn davon abzuhalten

dann ging ich heim
und flehte in mein Kissen
bitte
bitte
bitte
laß mich nicht schwanger sein

ich konnte nicht schlafen,
oder essen
    nur an eins denken

ich mit 15!
und ein Kind
BITTE LIEBER GOTT
LASS MICH NICHT
SCHWANGER WERDEN

dann kam meine Periode
und ich war erleichtert
bis ich wieder
der Gnade des nächsten ausgeliefert war

ein offenes Gefäß
nur dazu da
angefüllt zu werden
bis ich wieder zu mir kam

could return and
spit out
the bad seeds

und den vergifteten Samen
ausspeien konnte

Parking Lot

It was the way
my thigh felt against
the cool car hood
that made me
like you so

And it was the way
a risk can run down
a spine that made
my blood race
as a few bleary eyes
stumbled to their cars
unaware

And it was the way
you took me with such
strength and stretched
me between the
moon and a Chevrolet
that made me
crave you so

Parkplatz

Es lag daran
wie sich mein Schenkel anfühlte
auf der kühlen Motorhaube,
daß ich dich
so mochte

Und daran wie
das Spiel mit dem Feuer
einem den Rücken runterlaufen kann
mein Blut rasen ließ
während ein paar Nachtblinde
ahnungslos
zu ihren Autos stolperten

Und es lag daran
wie du mich nahmst
so kraftvoll, ich ausgestreckt
zwischen dem Mond und dem Chevrolet,
daß ich mich
nach dir verzehrte

Coffee Shop

Young girls wrap themselves tightly
in bright smiles and denim,

no more patent leather
and pigtails here.

They suck on coffee,
with great indifference,
their young thighs
weapons they have cocked,
hardly comprehending
the potency which lies
in suggestion.

Tight, dark, dark blue
wrangler jeans
and lonely smiles like
latent prophecies.

Coffee Shop

Junge Mädchen, hauteng
in strahlenden Lächeln und Jeans,

keine Lackschuhe und
Pferdeschwänze mehr für sie.

Sie schlürfen Kaffee,
äußerst gleichgültig,
ihre jungen Schenkel
scharfe Waffen,
nichtsahnend
welche Verwüstungen
sie damit anrichten können.

Enge, dunkle, tiefblaue
Wrangler Jeans
und einsame Lächeln
wie latente Versprechen.

I Say to You Idols

I say to you idols
of carefully studied
disillusionment

And you worshipers
who find beauty
in only fallen things

that the greatest
Grace
we can aspire
to is the strength
to see the wounded
walk with the forgotten
and pull ourselves
from the screaming
blood of our losses
to fight on
undaunted
all the more

Ich sage euch, ihr Idole

Ich sage euch, ihr Idole,
die ihr doch aus nichts
als Desillusionierung besteht

Und euch, ihr Anhänger
jener Schönheit,
die einzig aus dem Niedergang erwächst

daß die höchste
Vollendung
die wir anstreben können
jene Kraft ist,
die die Verhärmten
zusammen mit den Vergessenen
gehen läßt
und uns befähigt uns selbst
von unseren quälenden Verlusten
loszureißen
um weiter zu kämpfen
unerschütterlich
härter denn je

Steady Yourself

Steady yourself, love,
steady yourself
for victory is near
Shut out the world
with its tyranny
of noise
none of this matters now
Draw strength from
the vision the deepest
folds of your soul
so longs for
For it is a song we all sing
Steady yourself, love,
upon my gaze
in this corridor
& waver not in the face
of the battle cry

We will not be beaten!
Lose not your faith now
for I need it to strengthen my own
and should your steps
falter, mine would
grow lonely in this
world of coal and roses

We are the living
and the living
must love the world
It is our duty
to fill our hearts
with all the anguish and joy

Sei stark

Sei stark, mein Liebster
Sei stark
denn der Sieg ist nah
Laß die Welt außen vor
die Tyrannei
ihres Lärms
nichts davon zählt jetzt
zieh Kraft aus der Vision
nach der sich die tiefsten Regungen
deiner Seele
so sehnen
Denn dies Lied stimmen wir alle an
Sei stark, mein Liebster
zieh Kraft aus meinem Blick
in diese Tiefen
& wanke nicht
wenn der Schlachtruf erklingt

wir werden siegen!
Verlier jetzt nicht die Hoffnung
denn ich brauche sie
als meine Stütze
denn solltest du straucheln
ich würde vereinsamen in dieser
Welt aus Schmutz und Schönheit

Wir sind es, die leben
und die Lebenden
müssen die Welt lieben
Es ist unsere Pflicht
unsere Herzen anzufüllen
mit all der Pein und Freude

of our brothers and sisters
Steady yourself, love,
be strong beside me
and know that our
unrelenting gives them
dis-ease, and that
the clearer your mouth
raises itself in
songs of freedom
the more others will come to
warm themselves around
the flag of your faith

For our numbers grow
and soon will outweigh
their tattered armies
and I want your heart
to rejoice in its
inevitable victory

unserer Brüder und Schwestern
Sei stark, mein Liebster,
stark an meiner Seite
und sei gewiß, daß
unsere Hartnäckigkeit
es ihnen schwerer macht und daß
je lauter deine Stimme
das Lied
der Freiheit anstimmt
desto mehr kommen werden,
sich am Leuchtfeuer
deiner Überzeugung zu wärmen

Denn unsere Zahl wächst beständig
und bald werden wir sie überrunden
ihre zerfledderten Regimenter
und ich will, daß dein Herz
aufjauchzt bei diesem
unabwendbaren Sieg

Awaken, Love

Awaken love,
the sun beats itself
upon our windowsill
and dawn is well spent into day
Awaken, love
open your eyes
lighting all they touch upon
in wondrous blaze

Upon the streets
a kitten's mew
and beggar's shoe
are calling
and the voiceless
ask to borrow yours
so sweet and
always falling

Awaken love,
we are a pair
two knives, two flags
two slender stocks of wheat
And the song that sleeps
inside your mouth
is the song which bids
my heart to beat

For without your hands
your battle cry
your timid fearless
roaming eye

Wach auf, Geliebter

Wach auf, Geliebter
die Sonne tummelt sich bereits
auf unsrer Fensterbank
und das Morgenrot ragt weit schon in den Tag
Wach auf, Geliebter
mach die Augen auf
laß sie verwundert aufblitzen,
umherblitzen auf alles

Auf den Straßen,
das Maunzen eines Kätzchens
des Bettlers Schuh
sie grüßen
und die Stimmlosen
erbitten deine Stimme
so lieblich
dir zu Füßen

Wach auf, mein Liebster
wir sind ein Paar
zwei Klingen, zwei Flaggen
zwei schneidige Weizenruten
Und das schlummernde Lied
in deinem Mund
läßt den Takt
meines Herzens eilen

Denn ohne deine Hände
dein Kriegsgeheul
dein Auge rastlos, furchtlos und
dennoch scheu

I would be awkward hands
with no flag
with no pulse
no boast to brag

but alone, simple
Alone

Staring down
an endless sky
unable to face
injustice
or even I
A tiger's loveless soldier

Wäre ich zwei linke Hände
ohne Flagge
ohne Puls
ohne Grund zu Stolz

sondern allein, einfach
allein

Starrte ich den
Himmel an, so unendlich
unfähig
zu ertragen:
Ungerechtigkeit,
nicht einmal mich,
eines Tigers ungeliebte Soldatin

Gather Yourself

Gather yourself at the seashore
and I will love you there

Assemble yourself with wild things
with songs of the sparrow and sea foam

Let mad beauty collect itself
in your eyes and it will shine, calling me

For I long for a man
with nests of wild things in his hair

A man who will kiss the flame

Finde dich ein

Finde dich ein am Strand
und ich werde dich dort lieben

Tu dich zusammen mit den wilden Wesen
dem Lied der Spatzen und der Schaumkronen

Laß verrückte Schönheit sich ansammeln
in deinem Blick, und er wird leuchten und mich rufen

Denn ich sehne mich nach einem Mann
mit Nestern wilder Wesen im Haar

Einem, der es wagt, die Flamme zu küssen

You

You with your
   gentle lightning
spinning like Orion,
   full of muscle
and all the patience
   of stars.
Hooked upon the pinnacle
   of a desire
that arrests
   itself,
caught on the crosswires
   of what could be,
my mind turns to you:
   A pin hole of light
   that softly hums
   and murmurs
whose blurry edges
   beg to come into view.

Du

Du voller
   sanfter Blitze
drehst dich wie Orion
   voller Muskeln
und all der Geduld
   der Sterne.
Baumelnd an der Nadelspitze
   einer Sehnsucht
die sich selbst
   gefangenhält,
im Stacheldraht dessen
   was sein könnte
wendet sich mein Denken dir zu:
   Ein Vakuum aus Licht
   das sanft summt
   und murmelt
dessen verschwommene Ränder
   um Beachtung betteln.

Bleary eyed

Bleary eyed
   and sleepy still
I unwrapped you
   of the morning
like careful fruit
   with forbidden flesh
made sweeter by
   the scorning

My hands still shaky
   from kisses sweet
and the dark hours
   of night's embrace
I checked to see
   it fastened vines
my heart had left
   in silv'ry trace

While you slept
   I looked inside your chest
to see what there
   was growing
I saw my heart
   with quiet eyes
to your side its self
   was gently sewing

I saw my heart
   with quiet eyes
to your side its self
   was gently sewing

Schlaftrunken noch

Schlaftrunken noch
  und ganz verträumt
Entledigte ich dich
  des Morgens
Wie empfindliche Früchte
  deren verbotenes Mark
gesüßt wird
  von Verachtung

Meine Hände zittern noch
  von süßen Küssen
und den dunklen Stunden
  der Umarmung der Nacht
Ich habe nachgesehn
  ob silberne Ranken,
die Reben aus meinem Herzen
  dich überwucherten

Während du schliefst
  sah ich in deine Brust
und entdeckte
  was dort gedieh
Ich sah mein Herz
  mit ruhigem Blick
sich sanft
  an deine Seite heftend

Ich sah mein Herz
  mit ruhigem Blick
sich sanft
  an deine Seite heftend

I Miss Your Touch

I miss your touch
   all taciturn
like the slow migration of birds
nesting momentarily
upon my breast
   then lifting
silver and quick –
sabotaging the landscape
with their absence.

my skin silent without
   their song
a thirsty pool of patient flesh

Deine Berührung so still

Deine Berührung
   so still,
wie der schweigende Zug der Vögel,
siedelt sie kurz
   an meiner Brust;
dann fliegt sie auf
silbern und schnell.
Zurück bleibt verlassene Landschaft,
sabotiert von Abwesenheit.

meine Haut
ohne ihr Lied,
ein dürstendes, stummes Gewässer

Night Falls

Night falls
   and keeps on
falling
   Autumn leaves
bruise the sky
   a yellow shiver
ripping the smooth hour
   with its edgy
spine
   Struggling to hold back
the dawn
   open-hearted lovers
cling to the sweet fruits
   of last-minute kisses
so eager
   to lose themselves
in the honey-thick gravity
   of love so new
while beyond the Gates
   leaves tear themselves
from the only limb they've known
   to experience
the freedom
   the uncertainty
of air

Nacht bricht an

Nacht bricht an
   und nähert sich
beständig
   Herbstblätter
zerschneiden die Luft
   mit gelbem Schauer
zerreißen sie die zarte Stunde
   mit zitterndem Stiel
Liebende mit überströmenden Herzen
   ringen, die Dämmerung
fernzuhalten
   klammern sich an letzte Küsse
wie köstliche Früchte
   so bereit
sich zu verlieren
   in der sirupdicken Schwere
ihrer Liebe, so jung
   während jenseits der Pforte
Blätter sich losreißen
   vom einzigen Glied
das sie je kannten
   um sie zu erleben:
die Freiheit,
   die Unberechenbarkeit
der Luft

We Have Been Called

We have been called
  naive
as if it were
a dirty word
We have been called
  innocent
as though with shame
our cheeks should burn
So
We visited with
the careful idols
of cynicism
to learn to sneer
and pant and walk
  so as not to feel the scales
  of judgment rub wrongly
But we say
  some things must
  remain simple
  some things must remain
  untouched
  and pure
lest we all forget
the legacy which begot us
the health of our origins
the poetry of our fundamental selves

And so
it is to
the longing hearts we sing
rise! spread
your wings!

Man nannte uns

Man nannte uns
   naiv
als sei's
ein Schimpfwort
Man nannte uns
   unschuldig
als sollten darob schamesrot
unsere Wangen brennen
Also
taten wir uns zusammen
mit den gewieften Gurus
des Zynismus'
um Verachtung zu lernen
und Geifern und Gehen
   um nicht die schuppige Haut
   fremden Urteils gegen den Strich zu spüren
Aber wir sagen
   ein paar Dinge
   müssen einfach bestehen
   ein paar Dinge
   müssen unberührt
   und rein bleiben
Auf daß wir nicht vergessen
das Vermächtnis unserer Herkunft
die Kraft unseres Ursprungs
die Poesie unserer starken Seelen

Und darum
dies Lied
den sehnsuchtsvollen Herzen gesungen
erhebt euch!
breitet die Flügel aus!

Let no hand
nor ill will
keep you.

Laßt weder Hand
noch Häme
euch halten.

Underage

I hung out once in the bathroom of Trade Winds Harley
  bar in Anchorage
with several biker chicks for company until the cops left.
They had pale skin and thick black eye makeup
and they asked me to sing at their weddings.
I said I'd ask my dad.

We all sat on the counter and waited for the pigs to
  leave.
Some guy O. D.'d and was outside foaming at the mouth.

I remember looking in the mirror
and seeing this white face,
my shirt all buttoned up.
The women were nice to me
and looked like dark angels
beside me. I liked them,
and together we waited
patiently for the cops to leave,
so I could go back out
and join my dad up
on stage.

Jugendschutz

Einmal habe ich auf der Toilette von *Trade Winds Harley Bar*
In Anchorage rumgehangen,
Mit etlichen Biker-Bräuten, bis die Polypen weg waren.
Ihre Haut war blaß, der Kajal verschmiert,
und ich sollte auf ihren Hochzeiten singen.
Ich sagte, ich frage Dad.

Wir hockten auf dem Beckenrand und warteten, daß die Bullen abhauten.
Ein Typ in Armeeklamotten kam raus, Schaum vorm Mund.

Ich weiß noch, ich sah in den Spiegel,
und da war dieses weiße Gesicht,
mein Hemd zugeknöpft bis oben hin.
Die Frauen waren nett zu mir
und sahen aus wie dunkle Engel neben mir.
Sie gefielen mir und gemeinsam
schlugen wir die Zeit tot, bis die Bullen weg waren
und ich wieder rauskonnte
zu meinem Vater
auf die Bühne.

Grimshaw

Grimshaw came to T's Homestead
each time Dad and I played a gig,
which was every Tuesday night.
Behind his round spectacles,
his eyes looked sad and small as whales'-eyes.
His beard was wild and full of birds nests, I supposed.

He had a routine I knew well:
He'd organize his money in neat stacks
and let me choose any bill I wanted
(I took two 1's for Shirley Temples),
And request 3 songs:
Ain't Goin' to Study War No More,
House of the Rising Sun,
Green Green Fields of Home.
Then order four pitchers of beer,
which he lined up on his corner table.
Grimshaw was quiet and didn't scare me.
He always said please to Sally the waitress.

One Tuesday he didn't show up.
The next week, we asked Sally and she told us
Grimshaw had shot himself in the face.

Sally said that all of us at the bar
were the closest thing to a family he had,
and so Dad and I sang on a Saturday afternoon
in the gravel parking lot to raise money
for a proper funeral.

I came up to everyone's belt buckle
and had to crank my neck back

Grimshaw

Grimshaw kam in Ts Laden
jedesmal wenn Dad und ich dort spielten,
jeden Dienstag abend.
Hinter seinen runden Brillengläsern
schauten seine Augen traurig und klein, wie die eines
    Wals in die Welt.
Ich malte mir aus, in seinem Bart steckten Vogelnester.

Er machte jedesmal dasselbe:
Er schichtete sein Geld in getrennten Stapeln auf
und ließ mich einen Schein auswählen, egal welchen,
(ich nahm immer zwei Ein-Dollarscheine für Shirley
    Temples),
und er wünschte sich drei Stücke:
Ain't Goin' to Study War No More
House of the Rising Sun
Green Green Fields of Home.
Dann bestellte er vier Krüge Bier
und stellte sie in einer Reihe auf seinen Tisch in der Ecke.
Er war ein ruhiger Typ und machte mir keine Angst.
Er sagte imme ›bitte‹ zu Sally, der Kellnerin.

Und dann, einen Dienstag, kam er nicht.
Nächste Woche fragten wir Sally, und sie erzählte uns,
er hätte sich erschossen, ins Gesicht.

Sally meinte, wir alle an der Bar seien wohl am ehesten
so was wie eine Familie für ihn gewesen,
und deshalb sind Dad und ich an einem Sonntag nach-
    mittag
draußen auf dem Parkplatz aufgetreten, um Geld
für ein vernünftiges Begräbnis zu sammeln.

to look up at all the adults.
So I just studied people's waistlines and listened
to the disjointed melody of the broken men
gathered into a loose knot for the tavern wake.
One man's face was worn out but his eyes were bright.
He said, »He has a cabin out on Fox Road.«
Another winked down at me saying,
»I sure hope he's happy.«
They all talked about him as if he were still alive.

I found out Grimshaw went to Nam when he was 18,
to be a surgeon when he wasn't one.
He had to hurt people until he learned.

I stood that day among the bar flies and regulars
and made a vow – the kind a child makes –
to face things as they came
so they wouldn't compound with time and become
like huge ships, impossible to turn around.

Ich reichte den Leuten knapp bis zum Gürtel
und mußte meinen Kopf weit in den Nacken legen,
um ihre Gesichter zu sehen.
Also betrachtete ich nur ihre Mitte und lauschte
den Gesprächsfetzen der traurigen Männer,
die sich in einer losen Gruppe zum Leichenschmaus in
    der Kneipe eingefunden
hatten. Einer hatte ein ganz verlebtes Gesicht, aber
    leuchtende Augen.
Er sagte: »Er hat 'ne Hütte draußen an der Fox Road«.
Ein anderer zwinkerte mir zu und meinte: »Er ist
    bestimmt glücklich«.
Sie hörten sich an, als ob er noch lebte.

Ich fand heraus, daß Grimshaw mit 18 nach Vietnam
    ging,
als Arzt, obwohl er gar keiner war.
Bis er die Ausbildung hatte, mußte er den Leuten weh
    tun.

Diesen Tag verbrachte ich zwischen den Säufern und den
    Stammgästen
und schwor mir – wie Kinder das tun –
die Dinge zu nehmen, wie sie kommen,
damit sie sich nicht mit der Zeit anhäufen und wie riesige Dampfer werden,
die man nicht mehr manövrieren kann.

A Slow Disease

My dad went to Vietnam when he was 19 years old.
I think it bruised his soul. There are some things
the human mind should never have to comprehend,
    some
things the body never can forget
He doesn't talk about it. Actually, I guess, I've never
    asked,
I hate to imagine his puppy young eyes absorbing all that
rain and mud and blood.
The jungles must have seemed like a slow disease
that would continue to
arrest his and so many other hearts
the rest of their lives.

Eine schleichende Krankheit

Mit 19 war mein Vater in Vietnam.
Ich glaube, dort wurde seine Seele geschändet. Es gibt
    Dinge,
mit denen kein menschliches Bewußtsein jemals kon-
    frontiert werden sollte.
Manches kann der Körper nie vergessen.
Er spricht nicht darüber. Na ja, ich schätze, ich habe nie
    gefragt.
Ich hasse die Vorstellung wie seine Augen, unschuldig
    wie die eines jungen Hundes,
den Regen, den Matsch und das Blut aufnehmen.
Der Dschungel muß wie eine schleichende Krankheit
    gewesen sein,
die fortfahren wird,
sein Herz und das so vieler anderer
zu lähmen
für den Rest ihres Lebens.

All the Words

All the words I wish your fingers could feel

all the times I've wished
you could know
the silent sorrow
   lying stiff in my throat
like cold
and broken teeth

I wish you could hear
the child that cries
in my flesh and makes
my bones ache

I wish you could speak to my fear

I wish you could hold me
in your arms like oceans
and soothe what my muscles remember
   all the bruises, all the sour hope
   all the screams and scraped knees
the cloudy days so dark
I wondered if my eyes
were even open

The days that I felt
like August, and that I, too
would soon turn
to Fall

All die Wörter

All die Wörter die, wünschte ich, deine Finger fühlen
  sollen

All die Male, die, wünschte ich,
du wissen müßtest
um die stille Sorge
    ein Kloß in meinem Hals
wie kalte, ausgeschlagene Zähne

Ich wünschte, du könntest es hören
das Kind in mir, das schreit
in meinem Fleisch und
meine Knochen schmerzen läßt.

Ich wünschte du könntest meine Furcht besänftigen

Ich wünschte, du könntest mich halten
in deinen Armen wie das Meer
und lindern, was meine Muskeln erinnern
    all die Verletzungen, die enttäuschte Hoffnung
    all die Schreie und aufgeschlagenen Knie
und die Regentage so dunkel
daß ich nicht wußte,
ob meine Augen offen waren

Die Tage, die sich nach August
anfühlten und danach daß ich, auch,
bald dem Herbst
gegenüber stünde.

You Are Not

you are not
the brave soldier

Neruda's sons
Chaves' brother

you are not
the dark horse
heart filled
with all the weight
and compassion
your hardships
have won you
you are not
driven by the need
to free all people
from meanness and
loveless abuse
I know you
you are asleep in your church
on Sunday afternoon
looking for god
in answers you seek
through others
instead
of being the answers
you are praying for peace
but unwilling to be it

praying for mercy
but unwilling to give it

Du bist nicht

Du bist nicht
Der tapfere Streiter

Nerudas Sohn
Chaves' Bruder

Du bist nicht
das Leitpferd
sein Herz voll
von Verantwortung
und Mitgefühl
erkämpft in
bestandener Mühsal
du bist nicht
getrieben vom Drang
die Menschen zu befreien
von Niedertracht
und lieblosem Mißbrauch
Ich kenne dich
du schläfst in der Kirche
am Sonntag
hältst Ausschau nach Gott
indem du die Antwort
bei anderen suchst
anstatt
die Antwort zu sein
du betest für Frieden
und willst doch nicht friedfertig sein

du bittest um Gnade
doch gewähren willst du sie nicht

praying for Love
but too busy
making sure you got your own:
    a good job
    a good girl
all the trimmings you are
entitled to
all the bells and whistles
that are meaningful
but only to those who possess
a heart most common

du betest für Liebe
bist aber zu beschäftigt
mit dir selbst:
    guter Job
    gute Frau
was man so braucht
das ganze Tam Tam
das dir zusteht
alles was Anerkennung bringt
allerdings nur von denen
mit derselben
niederen Gesinnung

The Strip 1

Here I am
on the strip.
The Main attraction.
My name up
in lights.
What's there to do, pussy cat?
   (Nothingnotmuchverylittle.)
My hair is clean
it's the night before
the show.
New Year's Eve.
Downstairs
young people are being young,
gambling, kissing.
I'm in my room eating licorice,
looking at myself
in the mirror,
the flower of youth
sighing and blooming
for hotel art
and stale walls.
What's the news, jack?
   (Nothingnotmuchverylittle.)

Der Strip 1

Hier bin also
auf dem Strip.
Die Hauptattraktion.
Mein Name
in Leuchtschrift.
Was geht ab, Schätzchen?
 (Nichtsgehtsoachnichtsodoll)
Meine Haare gewaschen
am Vorabend
der Show.
Silvester
Unten sind
junge Leute
damit beschäftigt,
jung zu sein,
spielen, knutschen.
Auf meinem Zimmer eß ich Lakritze,
schau mich im Spiegel an,
die Zierde der Jugend
säuselnd und blühend
für Hotelkunst
und gammlige Wände.
Was gibt's Neues?
 (Nichtsgehtsoachnichtsodoll)

The Strip 2

no one slept last night
not hardly
in Las Vegas

what a way to rush in
the new year
Start it off right, right?

I left my hotel
    at 3 A. M.
crossed the street
to buy water
there was a dead body
in the middle of the road
no one had seen it yet
I suppose
but me

Der Strip 2

Letzte Nacht hat keiner geschlafen
jedenfalls nicht
in Las Vegas

tolle Art,
so reinzurutschen, ins neue Jahr
Hat klasse angefangen, was?

Ich kam morgens um drei
aus dem Hotel
ging über die Straße
um Wasser zu kaufen
da lag ein Toter
mitten auf der Fahrbahn
hatte noch niemand bemerkt
außer mir
vermute ich

Shush

Can you imagine
how silent
a plane crash would be
if you were deaf?

How unbearably loud a rape?

Schhhh

Stell dir vor
wie still
ein Flugzeugabsturz wäre,
wenn du taub bist?

Wie unerträglich laut eine Vergewaltigung?

I Am Not from Here

I am not from here,
my hair smells of the wind
and is full of constellations
and I move about this world
with a healthy disbelief
and approach my days and my work
with vaporous consequence
    a touch that is translucent
    but can violate stone.

Ich bin nicht von hier

Ich bin nicht von hier,
ich trage den Duft des Windes im Haar
und die Sternbilder darin
und ich begegne dieser Welt
mit gesundem Unglauben
und nehme meine Tage und Arbeit
nur vage wichtig
   eine Methode, wie Spinnweb so zart
   doch sie versetzt Berge.

Infatuation

infatuation is a strange thing
a bony creature thin
with feeding on itself

it is addicted not to its subject
but to its own vain hunger
and needs but a pretty face
to fuel its rampant imagination
   humid couch
   and sweaty palms
   fleshy carpets
   ablaze with conquest
but when conquering is complete
the blood leaves its limbs
and it becomes disenchanted
(to the point of disgust)
with its subject
who sits then like a hollow trunk
emptied of its precious cargo
and left to fade
   a seed relieved
of its transparent husk
to dissolve, finally
on a rough
and impatient
tongue

Vernarrt

Vernarrtheit ist eigenartig
eine knochige Kreatur
sich selbst verzehrend

süchtig ist sie nicht nach ihrem Objekt
sondern ihrem eigenen eitlen Hunger
und fordert nichts als ein nettes Gesicht
um ihre wuchernde Phantasie zu befeuern
   klamme Couch
   und schwitzige Hände
   fleischige Teppiche
   lodernd vor Eroberung
aber nach der Eroberung
blutleere Glieder
Entzauberung
(bis zum Überdruß)
von ihrem Objekt, das dann dasitzt wie ein hohler
   Rumpf
betrogen um sein kostbares Gut
dem Verfall überlassen
   ein Samenkorn, verlustig
seiner zarten Hülle, dem zuletzt nur bleibt,
sich aufzulösen,
auf einer rauhen
ungeduldigen
Zunge

The Fall

Labor to open
the large wooden door
wrestle the wind
as it sucks past
and rushes through the house
greedily.

Step into the crisp day
blue sky, dry leaves
   shocked to see
the sun still shining.

It had grown so dark in there

Breathe in deeply,
the thin air
flashing lungs that have been
crying
tied in knots talking to you again again again

We try too hard –
Do you see?

Der Herbst

Mühsam, die schwere
Holztür zu öffnen.
Ring mit dem Wind
der daran saugt
und durchs Haus jagt
gierig.

Tritt hinaus in den frischen Tag
blauer Himmel, trockene Blätter
    ein Schock
das Sonnenlicht.

Es war so dunkel da drinnen.

Atme sie tief ein
die feine Luft
ein scharfer Sog der Lungen
verspannte Knoten
die danach schreien
und wieder und wieder zu dir sprechen

Wir sind zu verkrampft –
Verstehst du?

Long Has a Cloak

Long has a cloak of coarse wool
and wet feathers smothered my flight.
Long has doubt and a thorny chain of words
caused my vision to stagger.
Tired of my purple burden,
in search of freedom, I have longed to throw
off the gauze curtains and kisses
which bind me
   my mouth so full of berries
   and other people's tongues
my heart sick with thick hands and spittle.
But there is a secret I do not tell you;
   I have dulled my spark
   and weakened my heart
   so I could continue
   to stay where I knew
   I did not flourish
     (There. It is said.)
To stand new in the naked air
with no crutch, no pretty eye,
I leave not only you
but also the part of me
that fears my own song's truth.

Lange hat ein Umhang

Lange hat ein Umhang aus grober Wolle
Und nassen Federn meine Flucht verhüllt.
Lange haben Zweifel und stechende Tiraden
meine Sicht der Dinge getrübt
Müde meiner purpurnen Last,
auf der Suche nach der Freiheit, habe ich mich danach
   gesehnt
was mich bindet abzuwerfen,
die Gazevorhänge und Küsse
   mein Mund voller Beeren
   und fremder Zungen
mein Herz krank von dicken Händen und Spucke.
Aber es gibt ein Geheimnis, das sprech ich nicht aus;
   Ich habe mein Licht verdunkelt
   Und mein Herz nicht ermuntert
   Um bleiben zu können
   Obwohl ich wußte, daß ich nie
   an diesem Ort gedieh
    (So. Jetzt ist es raus.)
Neugeboren und schutzlos in der Welt
ohne Krücke, verzichtend auf Äußerlichkeit,
verlaß ich nicht nur dich,
sondern auch den Teil meiner selbst
der meiner eigenen
Wahrheit Stimme
fürchtet.

Mercy

I'm leaving

You're done

Cut the cord

I will bare my heart

Make sure it's sharp

Make it quick

Flash your will against me
relieve this red smear
Smother the beating
dull the pulse
Show mercy
Spare it from your side
and I will rip
what was yours, what was living in me,
and return it to you.

Do it while our hearts
are still intact
before they rot in each other's care
before they become riddled with bitterness
choked by the stinking seeds
of resentment.

Gnade

Ich gehe

Vorbei

Trenne die Nabelschnur

Lege mein Herz bloß

Schärfe es

Tu es schnell

Schleuder mir deinen Willen entgegen
erlöse diesen blutigen Knoten
Erstick sein Schlagen
dämpf meinen Puls
Zeig Gnade
Verzichte auf seine Begleitung
Und ich werde
den Teil von dir, der in mir lebt
herausreißen und dir zurückgeben.

Tu's solange unsere Herzen
noch intakt sind
bevor sie verrotten
unter der Zuwendung des anderen,
bevor Bitterkeit sie zerfrißt
und sie würgen am stinkenden Samen
stillen Grolls.

Compass

Together we have sensed distance
stretch its defeating spine
between our hearts, and felt the
haunted gales of vacancy fill
the hollows of our eyes with wandering.

There is no thief to blame who has
stolen the warmth from
our kisses; departure has been gradual,
by degrees.
   Because I love you
I will not send you into the night
with teeth marks and pride I have
stripped you of. I will draw
a compass on your belly, and you
will tell my heart that it's okay
before we turn each other loose beneath
the endless sky. Let us be still.
   Tell the arms not to worry so.
   Disarm the tongue of its dagger
     and listen.

Such cold beauty exists here
Do you see it? Like the landscape,
frozen, waiting to be born.

Kompaß

Wir haben sie gemeinsam gespürt
die Distanz
die sich aufbäumt, siegesgewiß
zwischen unseren Herzen und haben ihn gefühlt
den unheimlichen Sog der Leere
der unsere Augen mit Unruhe füllt.

Es gibt keinen Dieb zu beschuldigen
der die Wärme aus unseren Küssen
gestohlen hätte; der Abschied wuchs beständig
Mal für Mal.
   Weil ich dich liebe
werde ich dich nicht gebrandmarkt in die Nacht
hinausschicken, entwürdigt.
Statt dessen werde ich einen Kompaß auf deinen Leib
   zeichnen,
und du wirst mein Herz wissen lassen, daß es in Ordnung
   ist,
bevor wir einander ziehen lassen, unter einem unendli-
   chen Himmel.
Laß uns schweigen.
   Sag den Armen, sich nicht zu sorgen
   Entwaffne die spitze Zunge
      Und hör zu.

So kühl ist die Schönheit hier
Erkennst du sie? Wie die Landschaft,
gefroren, in Erwartung ihrer Geburt.

Freedom

Having mutilated
and freed myself
from the very wings
which for so long
held me aloft
I have cast my heart
like a purpled fruit
toward the violent earth,
far from the Heaven
of your arms

Freiheit

Selbstverstümmelt
und befreit
von ebenden Schwingen
die mich so lange
über alles hinweggetragen haben
habe ich mein Herz
wie eine purpurne Frucht
der gewalttätigen Erde
entgegengeschleudert,
weit weg vom Himmel
deiner Arme

Road Spent

I could stand to be alone
for some time
Lose myself in white noise
slip into the blur
contemplate the color yellow
   Right now
I just don't handle splashes too well
·Or too many teeth
around me all at once
armed like guns with something to say
Urgent whispers
hoarse restraint
   Quiet as paper cuts
people steal me away
cart my flesh off in tiny crimson piles
my bones have been sore
Rattling against each other
in their anemic cage
ravens circling
my heart beating
it's-time to-go it's-time to-go
someplace full of surf
full of flat blue sky
full of shuuushhh

Zwischen hier und dort

Ich könnte das Alleinsein ertragen
eine Zeitlang
Mich in weißem Rauschen verlieren
ins Ungewisse schlüpfen
die Farbe Gelb ergründen
    Gerade jetzt
geht mir der ganze Wirbel auf die Nerven
Zu viele Zähne um mich rum
ein Arsenal, geladen mit Geschwätz
dringendes Geflüster
heisere Beherrschung
    Verstohlen, wie Papier die Haut ritzt,
schneiden die Leute mich auf
tragen mein Fleisch davon in kleinen blutroten Stapeln
meine Knochen sind wundgeschabt
und rasseln aneinander
in ihrem anämischen Käfig
Die Raben kreisen schon
mein Herzschlag trommelt
Es ist – Zeit zu – gehen, es ist – Zeit zu – gehen
irgendwohin
wo nichts ist als Brandung,
und blauer Himmel ganz tief
nichts als shhhhh ....

Christmas in Hawaii

The sky pierces me
with its turquoise embrace.
The scent of lemons
and suntan oil find
their way to me
by the pool:
No one is here.
I walk the beaches alone
and drink silly concoctions
with little paper umbrellas.
In my room, my guitar
is calling to me.
I will go to it soon
and write songs
for love lost
and for love yet to come.
Merry Christmas, baby,
     goodnight.

Weihnachten auf Hawaii

Der Himmel quält mich
mit seiner türkisblauen Umarmung
Der Duft von Zitronen und Sonnenöl
sucht mich heim
am Pool:
Niemand da.
Ich gehe allein am Strand spazieren
und trinke alberne Cocktails
mit kleinen Papierschirmchen.
In meinem Zimmer ruft
meine Gitarre nach mir.
Ich werde sie gleich erhören
und Lieder schreiben
für verlorene Lieben
und künftige.
Fröhliche Weihnachten, Schatz,
    schlaf schön.

Spoiled

I am perhaps
unfaithful
to those who
are outside my
own flesh.

I can not help
it, I am an
opportunist –
each pretty
face should
come with a straw
so that I may
slurp up the
perfect moments
without them getting
stuck between
my teeth.

Verdorben

Ich bin vielleicht
treulos
gegen die
außerhalb
meiner selbst.

Ich kann nichts dafür,
ich bin ein Opportunist –
jedes hübsche
Gesicht sollte
gleich mit Strohhalm ausgestattet sein,
damit ich
die perfekten Momente
schlürfen kann,
ohne daß
sie mir
zwischen den Zähnen
steckenbleiben.

Red Light District, Amsterdam

Silver threads, a delicious mark
steel kiss ignites a spark
not just once, but maybe twice
I don't wanna write sad songs tonight

Under a strong moon my heart swells up
I'm overflowing, Buttercup.
Give me a strong arm not weak with might
don't wanna sing sad songs tonight

Daffodils and daisies hot on my chest
sweet arms, salty flesh.
Sweet and proud I'm sharp as a dart,
do you wanna see a blue bird? It sings in the dark.

Not just once but maybe twice
I don't wanna sing no sad songs tonight

Rotlichtviertel, Amsterdam

Silberfäden, köstliches Attribut
metallischer Kuß, entzündet die Glut
nicht nur einmal, nein zweimal vielleicht, hab acht!
Ich will keine traurigen Lieder schreiben, heut nacht.

So kraftvoll der Mond, mein Herz fließt über davon
Ich platze bald, Luftballon.
Gib mir 'nen starken Arm, keinen der schwach ist vor
    Macht
Ich will keine traurigen Lieder schreiben, heut nacht.

Narzissen und Margeriten heiß an meiner Brust
süße Umarmung, salzige Lust.
Süß und stolz bin ich, scharf wie 'ne Klinge aus Stahl
Komm mal mit, mein Schatz, das zeig ich dir mal.

Nicht nur einmal, nein zweimal vielleicht, hab acht!
Ich will keine traurigen Lieder schreiben, heut nacht

Lovers for Lilly

Boys with faces like
calm puddles
begging to be
messied up

    stirred
    aroused

deliver themselves
to her doorstep

    messy hair
    morning mouth

She welcomes them in
entertains their curiosity
with the dry well,
the empty wealth
of her years

Lovers for Lilly

she eats them
like fruit cake

Lovers for Lilly

she collects them
like flies

Lovers for Lilly
(are always good-byes).

Liebhaber für Lilly

Jungen mit Gesichtern
unbedarft wie Pfützen
die danach schreien
aufgemischt zu werden

    entfacht
    erregt

kommen von selbst
zu ihrer Tür

    zerwühlte Haare
    Morgenmünder

Sie heißt sie willkommen
befriedigt ihre Neugier
mit dem trockenen Quell,
dem leeren Reichtum
ihrer Jahre

Liebaber für Lilly

sie vernascht sie
wie Früchtebrot

Liebhaber für Lilly

sie sammelt sie,
wie Fliegen

Liebhaber für Lilly
(werden immer – wie Schnäppchen – schnell alt)

Lemonade

Moths beat themselves
upon the screen door
of some other afternoon

A red dress burns in my mind

Outside the hound is turning
a lantern over that had
been left out in the rain

I long for a hot day
when moist palms reach
for my warmth and pull
me down to some humid
and reckless depth

Night spilling over me
its velvet stain

Limonade

Motten prügeln sich
um einen Platz an der Fliegentür
eines solchen Nachmittags

Ein rotes Kleid brennt in meiner Erinnerung

draußen beschnüffelt der Hund
einen Lampion
vergessen im Regen

Ich sehne mich nach einem heißen Tag
wenn verschwitzte Hände
nach meiner Wärme greifen und mich
runterziehen in feuchte verwegene Tiefen

Die Nacht überzieht mich
mit samtener Beize

We Talk

We talk
  slowly
about nothing
about movies
  we stick to
surface streets
  and find no
meaning in café windows
no substance in
  hotel rooms
I used to unwrap you!
tender layers unfolding
like eager gold
  but now
we are cool
and recount
our daily bores
  as though
the sum of our
  uses
equaled
  something
  (more)
substantial
  while softer
things shrivel
  and dry roots
go unfed
  strangled
by the phone line
and all that is
  not said

Wir reden

Wir reden
  stockend
über nichts
über Filme
  wir kleben an
der Oberfläche
  suchen vergeblich Bedeutung
im Blick auf andere
Substanz in
  Hotelzimmern
Früher kam ich an dich ran!
Konnte zarte Schichten enthüllen
wie williges Blattgold
  aber jetzt
sind wir distanziert
und zählen
unsere täglichen Banalitäten auf
  als ergäbe
die Summe unserer
  Gewohnheiten
  etwas
(mit mehr Substanz)
  während sanftere
Dinge verkümmern
  und vertrocknete Wurzeln
verdursten
  ausgezehrt
vom Telefon
und allem
  worüber wir
  nicht sprechen

Spivey Leaks

Spivey Leaks was a drip of a man.
He looked like a potato shoved into jeans.
He was 45 and loved Jesus so much
it made him hyperventilate
when the kids would tease him on it,
on their ways home from school.
He wanted to squash them all like gnats,
and would have, too – which
is a good argument for perpetuating
the threat of Hell, I suppose.

Spivey Leaks

Spivey Leaks war ein Klotz von Mann,
sah aus wie 'ne Kartoffel mit Hosen an.

Mit 45 liebte er Jesus so stark,
es strengte ihn an, ging ihm bis ins Mark.

Neckende Schulkinder regten ihn auf,
machten ihn rasend, er malte sich aus,
sie zu zerquetschen wie Mücken mit heiliger Wut –
das wäre im übrigen ziemlich gut,
als Argument für die Hölle, mit der so herrlich sich
   droht.
Für Jesus sah Spivey Leaks gerne rot!

Forgetful

he walks with a skin of stone
in effort to keep his blood
from dirtying the pavement

he closes his eyes
with deliberate determination
trying to remember

the veins behind his eyes
lead like blue road maps
to the ocean of everyone else

Vergeßlich

beim Gehen ist seine Haut wie ein Panzer
bemüht, sein Blut zu halten
daß es nicht den Bürgersteig beschmutzt

er schließt seine Augen
mit überlegter Entschlossenheit
und versucht, sich zu erinnern

daß die Adern hinter ihnen
wie Straßenkarten
zum Meer der anderen führen

Lost

Lost
is a puzzle
of stars
that breathes
like water
and chews
like stone

Alone
is a reminder
of how far
acceptance
is from
understanding

Fear
is a bird
that believes itself
into extinction

Desperation
the honest recognition
of a false truth

Hope
seeing who you really are
at your highest
is who you will become

Grace
the refinement of a
Soul through time

Verloren

Verloren
ist ein Puzzle
von Sternen,
das atmet
wie Wasser
und kaut
wie Stein

Allein
ist eine Erinnerung daran
wie weit
akzeptieren
von Verstehen
entfernt ist.

Furcht
ist ein Vogel
dessen Überzeugung
ihn selbst auslöscht

Verzweiflung
die aufrechte Anerkenntnis
einer falschen Wahrheit

Hoffnung
erkennen, wer du bist
wenn du am besten bist
und, daß du so werden wirst

Würde
die Verfeinerung
einer Seele durch Zeit

Still Life

Orange
tired eye
dry upon the table
constant longing
   in love with the sun

Dawn
fiery arms
that wish only
to embrace a sea
too big to be held

Bones
why do I even try?
A constant ache
a constant dry thirst
a scratch beneath
   a sheet of steel

Non-vision
a strange hour
neither awake nor dead
just asleep
in a room
that dreams itself
   into being

Conspiracy
a million watery ears
beneath our skin to hear
that we all want to be each other
   (that we already are)

Stilleben

Orange
müdes Auge
trocken auf dem Tisch
permanente Sehnsucht
   verliebt in die Sonne

Morgenrot
feurige Arme
haben nur den Wunsch
eine See zu umarmen
die zu weit dazu ist

Knochen
Warum es überhaupt versuchen?
ein ständiger Schmerz
ein steter trockener Durst
ein Kratzer unter
einem Blech aus Stahl.

Nicht-Sehen
eigenartige Zeit
weder wach noch tot
nur schlafend
in einem Zimmer
das sich selbst
ins Leben träumt

Verschwörung
Millionen wässriger Ohren
unter unserer Haut hören nur
daß wir alle der andere sein wollen
   (daß wir's schon sind)

I Don't Suppose Raindrops

I don't suppose raindrops
will ever replace
the sound of small feet

nor sunflowers
their tiny crowns

All the dust has gathered itself
and settled on
    your heart
and there is no correct combination

no key

no question

that will deliver them
once more
to your side

for she has already decided:
    no answers
    will be given

Ich glaube nicht, daß Regentropfen

Ich glaube nicht, daß Regentropfen
jemals
den Klang kleiner Füße ersetzen werden

noch Sonnenblumen
ihre zierlichen Wölbungen

All der Staub,
   der sich auf deinem Herzen
abgelagert hat
und kein Code

kein Schlüssel

keine Frage

wird sie
ein weiteres Mal
an deine Seite bringen,

denn sie hat bereits entschieden:
   Antworten
   wird es nicht geben

Sometimes

Sometimes
I feel
my heart
fall
to vague depths
between
words there
are such
spaces that
I can't help
but feel
My Heart
fall
between
the pregnant pause
of all you will
not say
and all
I can
not ask

Manchmal

Manchmal
fühle ich
wie mein Herz
abrutscht
zwischen
Wörter;
dort klaffen
solche Spalten
daß ich
mir nicht helfen kann.
Mein Herz
fällt
in die
bedeutungsschwangeren Pausen
all dessen, was du
nicht sagst
und dessen,
was ich
nicht
fragen kann

Blanketed by a Citrus Smile

blanketed by a citrus smile
your splash of sincerity evades me
your aim not at fault
I just have no faith left
for it to stick to

it is strange how in just
a few short months
I can look back on myself
like a stranger
   and you
(whom I loved?!)
   are like cumulous clouds
dull day after day
with your threats of thunder
and promises of passion

I await the blue flame!
doused in nutmeg!
wrapped in white linen!

but as you pass over me
there is no torrid sea
no humid embrace
just-pools cooling
in the small of my back

I stare at my hands
and wonder
how they got
so far away

Getäuscht von säuerlichem Lächeln

Getäuscht von säuerlichem Lächeln
verfehlt deine plötzliche Offenheit mich
du hast schon gut gezielt, aber
ich habe kein Vertrauen mehr übrig,
an dem sie haften bleiben könnte

eigenartig, wie ich
nach ein paar kurzen Monaten
auf mich selbst zurückblicken kann
wie eine Fremde und du
(den ich liebte?!)
   bist wie Kumuluswolken
dumpf, Tag für Tag
verheißt du Donner
versprichst Leidenschaft

Wo bleibt der Blitz!
Wo die Würze!
Im weißen Leinen!

doch wenn du über mich kommst:
kein reißendes Tosen
Keine schwüle Umarmung

nur kleine Pfützen
in der Senke meines Rückens

ich starre meine Hände an
und frage mich
wie sie sich
so weit
entfernen konnten

The Road

I have just
   caught a glimpse
of what my life
is to become
for a second I could see
   around the curve
and wondered where you were
your bright face
   no longer
beside the road
your hands
   no longer lending
themselves to familiarity

I saw Love
in the rear view mirror
with its red skirt
about its knees
   trying
to catch up
and before the curve
swallowed itself again
I remember
   thinking
There is all this love
but nowhere for it to grow
each second continually
devours the next
and we're moving too fast
for it to fasten
its roots
to the wind

Die Straße

Gerade habe ich
  einen Blick erhascht
auf mein Leben
meine Zukunft
für eine Sekunde konnte ich
  um die nächste Kurve sehen
aber du warst nicht mehr da
dein strahlendes Gesicht
  war nicht mehr da
am Straßenrand
deine Hände
  nicht mehr offen
für unsere Vertrautheit

Ich sah die Liebe
im Rückspiegel
in ihrem roten Mini
  sie versuchte
uns einzuholen
und bevor die Kurve
sich selbst verschluckte
  dachte ich noch
Da ist all diese Liebe
aber wohin soll sie wachsen
wenn jede Sekunde
gierig
die nächste verschlingt
und wir zu schnell für sie sind
um Wurzeln zu fassen
im Wind

I Guess What I Wanted Was

I guess what I
wanted was
to hear

you'd stay with me always.

I guess what I
wanted was
to see

those hands vowing
never to leave my own.

I guess what
I wanted was
to know

I am not loving in vain.

Ich schätze, ich wollte

Ich schätze
ich wollte
hören,

daß du für immer bei mir bleibst.

Ich schätze
ich wollte
sehen,

wie deine Hände schwören
meine ewig zu halten

Ich schätze
ich wollte
sicher sein,

nicht vergebens zu lieben.

Insecurity

you don't call
I check again
I become uneasy –
    is this a frame?
Suddenly I'm not so sure
I check my sources
each conversation becomes a crumb
how easily I'm led
how stupid I've been
to believe
you could be
loving me
you who can not be seduced
by anything other than
the temperance
of need
    each one facilitating the next
and suddenly I see my place
the phone rings
you say hello
but I don't believe you

Unsicherheit

du rufst nicht an
ich seh noch mal nach
ich werde unruhig –
    verschaukelst du mich?
Auf einmal bin ich unsicher
denk noch mal nach
jede Unterhaltung ein Indiz
was für leichte Beute ich war
wie dumm von mir,
anzunehmen,
du könntest
mich lieben
du, der nur durch Hinhalten
zu verführen ist
    jedes Mal bahnt das nächste an
plötzlich geht mir ein Licht auf
das Telefon klingelt
du sagst hallo
aber ich glaube dir nicht

I Am Patient

I am patient
but do not push

for it is silently
my heart will break
one night
    and with no words
you will find me gone
come morning

Ich bin geduldig

Ich bin geduldig
und dränge nicht

denn mein Herz
wird eines Nachts
im Stillen brechen
    und ohne ein Wort
wirst du eines Morgens feststellen
daß ich weg bin

The Things You Fear

The things you fear
  are undefeatable
not by their nature
  but by your approach

Was du fürchtest

Die Dinge, die du fürchtest
  sind unbesiegbar
das liegt nicht an ihnen
  sondern an deiner Methode

The Chase

And now it begins
you will see.
Once you are gone
my game gets stronger.
In love with the pursuit
I will seduce you,
with ink,
blot out the night
and invent new stars.
I will sew you to my side
nevermore shall you roam
without the outline of my chase
branded on your heart.

Die Jagd

Und jetzt fängt sie an
du wirst schon sehen.
Wenn du erst weg bist
werde ich stärker.
verliebt ins Verfolgen
werde ich dich verführen,
mit Tinte,
die Nacht zutropfen
und neue Sterne kreieren.
Ich werde dich an meine Seite schweißen
nie wieder wirst du wandeln
ohne das Signum
meiner Jagd
eingebrannt in dein Herz.

Fragile

Fine. If that's the way you want it.
I will walk away with all the finality
and coldness you accuse me of, but
it won't be what you expect –
a retaliation, a scene, a tangle.
It will be your jaw
flapping like an archaic flag
limp with contemplation.

Zerbrechlich

Fein. Wenn es das ist, was du willst,
werde ich gehen
genauso endgültig und kalt
wie du mir nachsagst, aber
es wird nicht so ablaufen,
wie du dir das vorstellst –
Vergeltung, eine Szene, ein Krach.
Dein Mund wird offenstehen
Wie ein kaputtes Scheunentor
baff vor Staunen.

I'm Writing to Tell You

I'm writing
this letter to tell you

I don't love you anymore.

I don't miss you.

I never have.

The truth is, I tried,
but never found your adoration
anything other than arduous,

your niceties clichéd,

our praise thoughtless,

and it has become
unbearably obvious
that you love me with
all the originality
of romance novels

the manly man weakening
luscious flower.

But do not be sad,
nothing is lost,
neither of us even loved
the other truly –
you only thought you did
and I only wanted to.

Ich schreibe, dir zu sagen

Ich schreibe
diesen Brief, um dir zu sagen.

Ich liebe dich nicht mehr.

Ich vermisse dich nicht.

Hab ich nie.

Um ehrlich zu sein, ich
hab's versucht, nur um festzustellen,
daß deine Bewunderung für mich
zu angestrengt war,

deine Nettigkeiten Klischees,

dein Lob gedankenlos,

und das Offensichtliche ist unerträglich:
Deine Liebe ist so originell
wie die in Liebesromanen;

der männliche Mann
der die köstliche Blüte schwach macht.

Aber sei nicht traurig,
kein großer Verlust.
Keiner von uns
hat den anderen wirklich geliebt –
du dachtest es nur,
und ich wollte es.

And So to Receive You

And so to receive you
to receive you
with the tenderness of flight,
an orange blossom
caught in my throat.
The cat is purring softly
in the cobalt blue of night,
such a sweet whisper
lodged in my chest.
I hold your head
   with both hands.
Barns are burning
   somewhere out there
   (in here).
My grandmother had pale hands
that looked like sturdy veins.
She wrote poetry, too, and sang.
Though she knew few lovers,
I hope her breasts were admired
as mine are
   two silver deities
   two shining steeples
   giving testament to the sky.

My breasts are twin moons
two pillows
for your whiskered cheek
a harbor for your teeth
   and tongue.

Oh, infinite embrace!
The night has a chill

Und so dich zu empfangen

Und so dich zu empfangen.
Zu empfangen
mit flügelsanfter Zärtlichkeit
eine orangefarbene Blüte
gefangen in meiner Kehle
Die Katze schnurrt sanft
im Kobaltblau der Nacht,
solch süßes Wispern
wohnt in meiner Brust.
Ich halte deinen Kopf,
    in meinen Händen.
Gefahren lauern
    irgendwo da draußen
(hier drinnen).
Die Hände meiner Großmutter waren blaß
mit kräftigen Adern.
Sie dichtete auch und sang.
Wenn sie auch wenige Liebhaber hatte,
hoffe ich doch, ihre Brüste wurden so bewundert
    wie meine
    zwei silberne Gottheiten
    zwei glänzende Kirchtürme
    Zeugen des Himmels.

Sie sind Zwillingsmonde
zwei Kissen
für deine bärtigen Wangen
ein Hafen für deine Zähne
und Zunge.

Oh, nie endende Umarmung!
Die Nacht ist kühl

and I feel
I could not get you
close enough.

und ich fühle
ich könnte dir nicht
nah genug kommen.

Fat

there she sat,
a mound of flesh
with just two eyes
to comprehend the
extensiveness of
her being

she made a mountain
of herself
so no one could look down,

so no one would miss
or fail to see
the tiny woman hands
that talked desperately
of delicate things
through a fist full of rings
to all who would
stop
and listen.

Fett

da saß sie,
ein Berg von Fleisch
nur zwei Augen
um die Ausdehung
ihres Seins
zu erfassen

sie machte einen Berg
aus sich
damit niemand auf sie herabsehen konnte,

niemand vermissen würde
oder übersehen:
die zierlichen Frauenhände
die verzweifelt
von feinen Dingen sprachen
durch eine Faust voll von Ringen
zu allen, die
innehielten
und hinhörten.

Junky

mamma says she knows what
i'm gonna grow up to be

Junky

mamma sagt, sie weiß schon
was aus mir werden wird

Austin, TX, Sheraton Hotel, 2 a. m.

His empty Vodka tonics stand
like rotted tree trunks
emptied of their core

They are on the table
where my altar rests
sharing space with my sacred things
   my rocks and reminders of home

Should I fear you?

Austin, Texas, Sheraton Hotel, 2:00 Uhr morgens

Seine ausgetrunkenen Wodka Tonics stehen da
wie verrottete Baumstümpfe
ohne Kern

Auf demselben Tisch
wie mein Altar
sie brauchen Platz wie meine Reliquien
    meine Steine und Erinnerungen an zu Hause

Muß ich dich fürchten?

I Keep Expecting You To

I keep expecting you
    to fade
to wake up one morning
and not care
so I
keep myself
one carefully measured step away
    in anticipation
of your love's decline

so when your cheek turns
and your attention
    wanders
elsewhere
my heart will not be left
all awkward
    hanging
from an elastic thread
you forgot to pull off
your old pair of socks

for it's in your nature to
lose interest suddenly
    we are both artists
    who suck the marrow out
    of each lovely bone

It just happens to be
my lovely bones
this time

How Bare

Ich rechne stets damit, daß du

Ich rechne stets damit, daß du nachläßt,
daß du eines Morgens aufwachst
und ich dir
egal bin
also
halte ich
immer wohldosierte Distanz
in Erwartung
des Erlahmens deiner Liebe

wenn du dich abwendest
und deine Aufmerksamkeit
   woandershin
driftet
bleibt mein Herz nicht
unglückselig zurück
   wie ein loser Faden
   an einer alten Socke

denn so bist du
du verlierst auf einmal das Interesse
   wir sind beide Künstler
   die das Mark
   aus jedem reizvollen Knochen saugen

nur daß es diesmal
meine
reizvollen Knochen sind

So schutzlos

P. S.

I wrote you those nice
poems only because
the honest ones
would frighten you

P.S.

die netten Gedichte
habe ich dir nur geschrieben
weil die ehrlichen
dir Angst machen würden

Gold Fish

In my belly is a gold fish.
I swallowed it and kept it there.
I sing to it, and can feel it wiggle
when it especially likes the tune –
Brahms makes it do backflips of glee.

Goldfisch

Ein Goldfisch schwimmt in meinem Bauch
verschluckt – und noch darin.
Ich sing für ihn, er turnt herum
zu jedem besonders schönen Stück;
bei Brahms macht er Salto rückwärts vor Glück.

New Moon

I am in love
with a man
who is gone now
hunting
for vision
His bones
know the
scent of it
His hands full of
intuition
and praise
What he lacks
he seeks
And I watch him
from my hill
As he treads
the countryside
and splits the great
and fertile valleys
like the hips of
a woman
he has loved
for centuries
in many forms
   As an eagle
   a warrior
   a stone

I love him
Over there
Far from me

Neumond

Ich bin verliebt
in einen Mann
der jetzt weg ist,
jagen; er jagt Erkenntnis.
Seine Knochen
kennen
ihren Geruch.
Seine Hände sind
voller Intuition
und Andacht.
Was ihm fehlt
sucht er
und ich sehe ihm zu
von meinem Hügel aus
Wie er das Land durchstreift
und die weiten
fruchtbaren
Täler teilt
wie die Hüfte
einer Frau
die er
seit Jahrhunderten
liebt
auf viele Arten
   wie ein Adler
    ein Krieger
    ein Fels

Ich liebe ihn
Dort drüben
Fern von mir

Someone to Know Me

At first it seemed shocking
but now the idea
tickles my tongue.
and intrigues my curiosity
beyond the ability
to rationalize or resist:

I want to live with you!

I want to wake
each morning
in your arms

comforted by your oddness

seduced by your knowledge
of my ways.

I want to care for you

brush your hair
put lotion on your scars

and pet you at bedtime,
watching your eyes close slow
   like a child's
heavy with the thousand things
that filled your day.

Jemand, der mich kennt

Zuerst schien sie befremdlich
aber jetzt reizt die Idee
all meine Sinne
Und fasziniert mich
gegen
alle Vernunft und jeden Widerstand:

Ich will mit dir leben!

Ich will jeden Morgen
in deinen Armen aufwachen

geborgen in deiner Eigenart

verführt von deinem Wissen
um meine.

Ich will dich versorgen,

dein Haar bürsten,
deine Narben salben,

dich zur Schlafenszeit streicheln,
zusehen, wie deine Augen
allmählich zufallen
   wie die eines Kindes
schwer von den tausenderlei Dingen
die deinen Tag ausmachten.

Traffic

Throw yourself
into the traffic of
his desire
   unpredictable
   red sports car
no helmet in hand
your heart a potential
red smear
in the hindsight of
his rear view mirror

Verkehr

Wirf dich ganz
in den Geschwindigkeitsrausch
seiner Lust
   unberechenbar
   roter Sportwagen
ohne Schutzhelm
dein Herz vielleicht
hinterher
ein roter Schmierer
in seinem Rückspiegel

Home

Harsh winter falls
away with swollen berries.
My winter-worn tongue gray
with waiting,
dull with no color all
winter long.
Small deep-red watermelon berries
full of blue sky
and all the unfathomable
flavor of spring,
tart green gooseberries and
peach-colored cloud berries
in the fall,
wild blueberries on my chin,
the blush of cranberries high in their bushes.

Stop alongside
the canyon's edge,
lose my fingers in the tangles
of the wild strawberry patch,
my hands deep in
thorny rose hips and raspberries.
Knots of swollen berries
sticking to my stained palms.

August spent
filling empty milk cartons,
canning and preserving
the syrups, jams and jellies
that would sustain us
through another pale December.

Zuhause

Pralle Beeren nehmen
dem rauhen Winter seinen Schrecken.
Meine wintermüde Zunge
grau vom Warten,
matt und farblos
den ganzen Winter lang.
Kleine tiefrote …
voller blauem Himmel
und all den unvorstellbaren
Aromen des Frühlings
gartengrüne Stachelbeeren
und pfirsichfarbene Himbeeren
im Herbst.
Saft von wilden Heidelbeeren auf meinem Kinn,
das Rot der Preiselbeeren hoch in ihren Hecken.

Ich bleibe irgendwo
am Rand des Cañons stehen,
meine Finger verschwinden
in wirren Waldbeerbüschen
meine Hände tief in
dornigen Wildrosenblüten und Himbeeren.
Klumpenweise kleben dicke Beeren
an meinen fleckigen Händen.

Den ganzen August über
haben wir leere Milchbehälter gefüllt,
entsaftet und eingemacht
die Sirups, die Gelees und Marmeladen
die uns nähren werden,
einen weiteren
farblosen Dezember lang.

After the Divorce

After the divorce
we moved to Homer
to live in a one bedroom apartment
behind Uncle Otto's machine shop.

My brothers slept in the water closet
after my dad painted it any color
they wanted. The pipes looked like
silver trees sprouting up through
the frames of their bunk beds.

For me, we took the door
off the coat closet
and built a narrow bed
four feet off the ground
with a ladder of rough wood
to climb up that hurt my bare feet.
My dad tried hard
to keep us all together
and work at the same time,
but things just weren't the same.
He pulled my hair when he brushed it
and didn't sing to us at night
before we went to sleep.

I was eight and started cooking.
Shane grocery shopped
and Atz, well, he was a kid.
By 7 a. m, every morning
we walked ourselves out to the road
and waited for the school bus
with all the other kids.

Nach der Scheidung

Nach der Scheidung
zogen wir nach Homer
und lebten in einer Einzimmerwohnung
hinter Onkel Ottos Werkstatt.

Meine Brüder schliefen neben dem Wasserklosett
nachdem mein Vater es genau so gestrichen hatte
wie sie wollten. Die Rohre ragten auf wie silberne
   Bäume,
die aus den Rahmen ihrer Etagenbetten wuchsen.

Für mich hängten wir die Tür
vom Wandschrank aus
und bauten ein schmales Bett
vier Fuß über dem Boden
mit einer Leiter aus ungeschmirgeltem Holz
die an meinen Füßen kratzte.
Mein Vater gab sich alle Mühe,
uns beieinander zu halten
und gleichzeitig zu arbeiten,
aber es war einfach nicht dasselbe.
Er zerrte an meinen Haaren beim Bürsten
und sang abends nicht für uns
vor dem Schlafengehen.

Mit acht fing ich an zu kochen
Shane ging einkaufen
und Atz, na ja, er war noch ein Kind.
Morgens um sieben
gingen wir allein die Straße runter
und warteten auf den Schulbus
mit den ganzen anderen Kindern.

Looking for signs
of when life might strike random again
and scatter us like seeds
on the unknowable winds
of chance.

Immer auf der Hut,
das Schicksal könnte wieder zuschlagen
und die unberechenbaren Stürme des Zufalls
könnten uns versprengen
wie Samenkörner.

May Brought Longer Days

I
May brought longer days and better chores.
No more throwing hay to the livestock
in sub-zero temperatures, no more waking early
to light a fire, and no more school.

Instead the days were filled with summer work,
good sweaty work: branding cattle, breaking horses,
mending fences that fell in winter.
Long days were spent cutting hay
and raking it into neat rows
to be baled and then hauled into the barn.
Working on my tan, covered in cooking oil,
driving our old tractor, Alice, my eyes would search the
    horizon, soaking in the ease
of outdoors; of summer and its particular toil.

II
Summer's passing was told in salmon runs,
our subsistence nets on the beach fat with their slippery
    bodies.
Weeks spent bleeding birch trees to make
syrup, canning vegetables
and drying fish in
the smoke house.

Soon the bustle of August rushed us back into our houses
where we again became confined to the logs, the coal,
and the barrel stove for another long season.

Der Mai brachte längere Tage

I

Der Mai brachte längere Tage und angenehmere Aufgaben.
Die Tiere nicht mehr füttern mit Heu,
bei eisigen Temperaturen, kein frühes Aufstehen mehr,
um das Feuer anzumachen, und keine Schule mehr.

Statt dessen füllten die Tage sich mit Sommerarbeiten,
guter schweißtreibender Arbeit: Tiere brandmarken,
Pferde zureiten, Zäune reparieren, denen der Winter
zugesetzt hatte.
Lange Tage verbrachten wir damit, Heu zu mähen und
in saubere Reihen zusammenzurechen,
dann wurde es gebündelt und in die Scheune verfrachtet.
Eingeschmiert mit Lebensmittelöl fuhr ich, meine Son-
nenbräune im Auge,
Alice, den alten Traktor, und mein Blick graste den
Horizont ab,
badete in der Unkompliziertheit des Sommers und seiner
typischen Arbeit im Freien.

II

Wir maßen den Sommer in Lachsschüben,
unsere Nahrungsgrundlage, die Netze, berstend von glit-
schigen Körpern.
Wochenlang zapften wir Birkensaft ab, kochten Gemüse
ein und
räucherten Fisch in der Räucherkammer.

Zu bald scheuchten uns die Augustarbeiten zurück in die
Häuser,
wo wir wieder beschränkt waren auf Brennholz, Kohlen
und den Ofen, eine weitere Jahreszeit lang.

Crazy Cow

Shane came back in from evening feed.
and said, »Crazy Cow is missing.«
Dad finished whatever he was eating
and casually said,
»She is probably calving.«

We all knew the odds of
finding the cow in 80 acres
of wooded pasture at night were slim
but still we pulled on our
boots and coats and
headed out with flashlights
into the frozen night.
It was Shane, I think,
who found the calf tangled up in a snow bank,
half alive.
Dad picked it up in one swoop
and looked over his shoulder at the cow.
»Stupid cow,« he said.
»Stupid cow,« the three of us chimed,
trying not to act amazed.

On the way back to the cabin
the calf quit breathing.
We ran the rest of the way
to the front porch,
the cold air
piercing my lungs and freezing
the little hairs in my nostrils.

Orders were given:
build up the fire

Knall Kuh

Eines Abends kam Shane vom Füttern rein
und sagte: »Knall Kuh ist weg.«
Dad aß auf, was er gerade auf dem Teller hatte, und
    meinte ganz ruhig:
»Sie kalbt bestimmt.«

Jeder von uns wußte, wie unwahrscheinlich es war,
eine Kuh auf 80 Morgen baumbestandenem Weideland
    zu finden,
aber trotzdem schlüpften wir in unsere Stiefel und
    Jacken
und zogen mit Taschenlampen los
in die frostige Nacht.
Ich glaube, es war Shane, der das Kalb schließlich
    fand,
gestrandet in einer Schneeverwehung, halbtot.
Dad hob es in einem Schwung hoch
Und sah über seine Schulter zur Kuh.
»Dämliche Kuh«, sagte er
»Dämliche Kuh«, echoten wir drei,
unser Erstaunen verbergend.

Auf dem Weg zurück zur Hütte
setzte der Atem des Kalbs aus.
Wir rannten den Rest des Wegs
bis zur Veranda,
in der kalten Luft
die in meinen Lungen stach und
die kleinen Härchen in meiner Nase einfror.

Anweisungen von Dad:
mach das Feuer an,

rub the calf's limbs,
get the blood going.

On the rough wood floor
of that one room cabin
I watched Dad
lean down and wrap his mouth
around the calf's tiny pink nose
fill its lungs,
and then repeat.

His big hands
handled the tiny animal expertly;
the same hands I feared
now seemed more powerful
and merciful than god's.

The Chinese lantern above us
threw a warm glow across the room.
The calf came to, coughing and spitting.
My brothers and I stupid
with giddy emotion.

That night I took a mattress off my bed
and laid it on the floor between Atz Lee and me.
We all watched the calf sleep
and took turns to make sure
it was still breathing.
And all night we dreamt
of all the impossible things
we would do when we grew up.

reib seine Glieder,
bring seinen Kreislauf in Gang.

Auf dem rauhen Holzboden,
im einzigen Raum der Hütte
sah ich zu wie Dad
sich runterbeugte und mit seinem Mund
die kleine rosa Nase des Kalbs umschloß,
seine Lungen füllte
und dann wieder von vorn anfing.

Seine großen Hände handhaben
Das zerbrechliche Wesen genau richtig;
Dieselben Hände, die ich fürchtete,
schienen mir damals kraftvoller
und liebevoller als die Gottes.

Die Papierlampe über uns
Warf einen warmen Schein ins Zimmer.
Das Kalb kam wieder zu sich, hustend und spuckend.
Meine Brüder und ich durchgedreht vor freudiger Erre-
    gung.

In dieser Nacht nahm ich eine Matratze aus meinem Bett
    und legte sie auf den Boden zwischen Atz Lee und
    mich.
Zusammen sahen wir dem Kalb beim Schlafen zu
und horchten abwechselnd,
ob es noch atmete.
Und die ganze Nacht über träumten wir
von all den unglaublichen Taten,
die wir vollbringen würden,
wenn wir erst groß wären.

Sauna

I used to stare up at those cold sharp stars on winter
    nights
stepping naked out onto a cold plank of frozen wood
to escape the heat of the small sauna
which served as our bath every Sunday night.
A turkey thermometer
mounted on one of the four benches
told us how hot it was in there.

We would drink bitter birch sap
mixed with water to cool our insides.
But when the heat became unbearable,
my family and whatever neighbors came
would step outside the door.
Some would roll in snow banks,
some would jump through the thin crust of ice
in the plastic-lined homemade pool that was so cold
it felt like your heart would explode.

Being shy, I'd try and wait to take a sauna until the
    others had finished
and gone inside for thick slices of bread and stew.
Dry heat warming my bones,
mending unknown trespasses.
I would wait until my heart raced with heat and fever
then I would step into the black endless night
letting the cold air rush against my body, steam
rising noiselessly. The mountain ash tree
rustling a few frozen leaves, brittle chimes in the evening
    breeze.

Sauna

An Winterabenden sah ich immer zu diesen kalten,
    schneidenden Sternen hoch,
wenn ich nackt auf die gefrorenen Bohlen trat,
geflüchtet aus der Hitze der Sauna
die uns an Sonntagabenden das Bad ersetzte.

Ein türkisches Thermometer
auf einer der vier Bänke
zeigte an, wie heiß es da drinnen war.

Wir tranken bitteren Birkensaft
verdünnt mit Wasser, um uns von innen abzukühlen.
Aber wenn die Hitze zuviel wurde,
kamen meine Familie und irgendwelche Nachbarn raus.
Manche rollten sich im Schnee,
andere sprangen durch die dünne Eisschicht
in unser selbstgebautes Plastik-Bassin, so kalt,
daß einem fast das Herz explodierte.

Schüchtern versuchte ich zu warten, bis die anderen
fertig und wieder drinnen waren, um dicke Brotscheiben
    und Eintopf zu essen.
Trockene Hitze wärmte meine Knochen,
heilte unbewußte Verletzungen.
Ich wartete bis mein Herz von Hitze und Fieber raste,
dann trat ich in die endlose schwarze Nacht, wo die kalte
    Luft auf meinen Körper traf;
lautlos stieg Dampf auf. Die Eberesche
raschelte mit ihren gefrorenen Blättern,
ein sprödes Geläut in der Abendluft.

The Tangled Roots of Willows

I remember as a child
poking at the frozen earth
to expose the roots of willows
encased in glittery sheats of ice

My father would cut the thin tips
with his pocket knife, wind them
like stiff and knotted rope to carry home

He'd soak them in water for three days
until they were soft
Sometimes using bits of
bone, shell, or feather
as decoration, he taught
us all to weave, many
winter nights spent in
silent concentration

Those were peaceful times,
collecting and unearthing
the tangled roots of willows
in the quiet of night
just my old man and I,
not a thing wrong in the world

Die verwachsenen Wurzeln der Weiden

Ich weiß noch wie ich als Kind
im gefrorenen Boden herumstocherte
um die Wurzeln von Weiden freizulegen
umgeben von glitzernden Schichten aus Eis.

Mein Vater schnitt ihre dünnen Spitzen
mit seinem Taschenmesser ab, wand sie umeinander
und trug sie heim wie steife verknotete Taue

Er legte sie drei Tage lang in Wasser
bis sie weich waren.
Manchmal nahm er Stückchen
von Knochen, Muscheln oder Federn
als Dekoration und brachte uns allen bei,
sie zu weben;
viele Winterabende brachten wir so zu
in stiller Konzentration.

Es war sehr friedlich damals,
wenn wir die verwachsenen Wurzeln der Weiden
ausgruben und sammelten
in der Stille der Nacht
nur mein alter Herr und ich,
und nichts falsch in der Welt.

Goodness
(A Poem for Shane)

My older brother Shane
has always been kind
and would shoulder the lion's share
of our many chores.
Come morning
it was his voice
which would rush my consciousness
into the cold reality of the bedroom
    we shared.
It was his hands
which would numbly feel for coal
in the still black dawn
to start a fire
and his long fingers
which would grasp the warm pink teats
of the milk cow in the freezing cold
so that I could siphon off the cream
to make butter before school.
He broke up fights between Atz Lee
    and me
absorbing the kicks and screams
and hollers of rebuttal
without anger.
He was our smiling Buddha
a kind constant force in a house
that was otherwise capricious.

I recently went to the hospital
to see his fourth child,
a girl, being born.

Herzensgüte
(Ein Gedicht für Shane)

Mein älterer Bruder Shane
war immer freundlich
und schulterte den Löwenanteil
unserer Jobs zu Hause.
Morgens war es
seine Stimme
die zuerst mein Bewußtsein erreichte
in der kalten Wirklichkeit unseres
    gemeinsamen Schlafzimmers.
Es waren seine Hände
die, vor Kälte taub, nach Kohlen tasteten
in der stillen schwarzen Dämmerung
um ein Feuer anzuzünden.
Und seine langen Finger
die die warmen rosigen Zitzen
der Milchkuh ergriffen
so daß ich den Rahm abschöpfen konnte
um noch vor der Schule Butter zu stampfen.
Er schlichtete Streits zwischen Atz Lee
    und mir
und steckte Tritte, Geschrei und
Vergeltungsgebrüll ein
ohne sauer zu werden.
Er war unser lächelnder Buddha
eine beständige freundliche Macht in einem
ansonsten schrillen Haushalt.

Kürzlich war ich im Krankenhaus
zur Geburt seines vierten Kindes
eines Mädchens.

I think I am still a child
scattering myself thin.

But I watched my brother
with his tiny new baby
and his three boys coming up
to take a peak at their new sister
I thought to myself, he must be
a particular kind of being
a breed of person that is made simply
and perfectly to love.

Ich glaube, ich bin selbst noch ein Kind
das sich im Unwesentlichen verliert.

Aber als ich meinen Bruder sah
mit seinem winzigen neuen Baby
und seinen drei Jungs, die die Hälse reckten
für einen Blick auf ihre neue Schwester
dachte ich bei mir, er muß
aus ganz besonderem
Holz geschnitzt sein,
ein Wesen, ein Mensch, der vollkommen
und ganz und gar existiert,
um zu lieben.

Wolves in the Canyon

During snow storms it is always the most quiet.
Sometimes as a child I would leave my bed
to walk out in the white padded dark
and sit at the canyon's edge, tucked neat
amongst the lacy shelter of tangled willows.

The voice of one wolf can split itself so that it sounds
   like
the voice of three,
so a small pack of wolves sounds like the most lonesome
   chorus.
Sitting out at the canyon's edge,
looking out upon the still strange landscape of winter,
I knew their song.
I felt it deep in my belly.
Sometimes I was sick with it,
so heavy was it in me that all I could do
was open my mouth and let it call out.
It was instantly my comfort.
My own treasure harbored somewhere
behind my lungs, inside my heart.
It was the song of my soul, I imagined,
and I would lend it to the wolves
and sing with them in the still of midnight,
while my brothers lay sleeping,
beneath thick blankets of dreaming.

Wölfe im Cañon

Am stillsten ist es bei einem Schneesturm.
Als Kind bin ich manchmal aus dem Bett geschlüpft
und raus durch die wattierte weiße Dunkelheit
zum Rand des Cañons gegangen, und kauerte geschützt
zwischen Fächern aus Weidenspitzen.

Die Stimme eines Wolfes kann sich aufspalten, so daß sie
   wie drei Stimmen klingt,
ein kleines Rudel singt die einsamsten Strophen der
   Welt.
Da oben am Rand des Cañons,
wenn ich auf die schweigende fremde Winterlandschaft
   sah,
verstand ich ihr Lied.
Fühlte es tief in mir.
Manchmal machte es mich ganz krank,
war so schwer in mir, daß ich nicht anders konnte
als meinen Mund zu öffnen und es herauszulassen.
Eine unmittelbare Wohltat.
Mein eigener Schatz ruhte irgendwo
zwischen meinen Lungen, in meinem Herzen.
Ich stellte mir vor, es war das Lied meiner Seele,
und ich lieh es den Wölfen
und sang mit ihnen in der Mitternachtsstille,
während meine Brüder schliefen,
unter dicken Decken aus Träumen.

God Exists Quietly

God exists quietly.

When I sit still and contemplate
the breeze that moves upon me
I can hear Him.

For hours I would lay
flat upon the meadows
stare at the
endless field of blue sky
and revel in
the divine placement of all things.

I would walk alone
in the woods and let my mind wander
freely, stumble across theories
on the origins of myself
and all things.

In nature I knew all things had
their place. None supreme,
none insignificant and so
great peace would come to me
as I fit neatly in the folds
between dawn and twilight.
Living in sync with the rhythm
of the earth, eating what
we grew, warming
ourselves by the coal fire,
creating
myself in the vast silence that existed

Gott ist im Stillen

Gott ist im Stillen.

Wenn ich stillsitze und der
Brise, die mich umweht, lausche
kann ich ihn hören.

Stundenlang lag ich
ausgestreckt auf den Weiden
verloren im endlosen Feld
des blauen Himmels
und mich überwältigte die Freude
an Gottes Fügung der Schöpfung.

Ich durchstreifte allein
die Wälder und ließ meine Gedanken
ungebunden schweifen,
innehaltend bei Überlegungen
woher ich komme,
woher die Welt kommt.

Ich wußte, in der Natur hat alles
seinen Platz. Nichts ist wertvoller,
nichts unbedeutend und so
empfand ich einen tiefen Frieden darüber,
wie ich nahtlos in die Fugen
zwischen Dämmerung und Morgenlicht
paßte. Im Einklang mit dem Rhythmus
der Erde, aßen wir, was wir anbauten, und
wärmten uns am Feuer aus Kohle.
Ich erschuf mich selbst

between the wild mountains of Alaska
and our front porch.

I grew to love the
Nature of god.
I knew Him best not in churches, but
alone with the sun shining on me through the trees

It birthed a space in me
that would continue to
carve the sacred
and demand sanctity
as my life took flight
and lit out to travel
the world.

It has grounded me
and held me steady
in the strong winds
that have carried me
so far from
where I have been.

Prayer is the greatest
swiftest
ship my heart could sail upon.

in der unfaßbaren Weite zwischen den wilden Bergen
  Alaskas
und unserer Haustür.

Ich wuchs auf in der Liebe
zu Gottes Natur.
Er kam mir am nächsten nicht in Kirchen, sondern
wenn ich allein war, im Sonnenlicht, das durch die
  Bäume brach.

Es gebar einen Raum in mir
einen endlosen Hunger
nach Transzendenz und Heiligkeit
der mein Leben begleitet
auf seiner rastlosen Reise
durch die Welt.

Dieser Raum ist mir Anger und Kompaß
er hält meinen Kurs
in den Stürmen
die mich so weit
von dich forttrugen
woher ich kam.

Gebet ist das sicherste,
wendigste Schiff,
auf dem mein Herz segeln kann.

Miracle

Listen!

Do you hear it?
I do.
I can *feel* it.
I expect a miracle is coming.
It has set loose this restlessness
inside of me.

Expect it.
Dream about it.
Give birth to it in your being.
Know! Something good
is coming down the line.
Finding its way to you
like all things find their way
to god's children.

Listen!

Wunder

Horch!

Hörst du es?
Ich schon.
Ich kann es *fühlen*.
Ich glaube, ein Wunder steht bevor.
Es hat diese Unrast ausgelöst
in mir.

Rechne damit.
Träum davon.
Bring es in dir zur Welt.
Sei sicher! Etwas Gutes
kommt bald.
Es ist auf dem Weg zu dir.
Wie sich alles seinen Weg bahnt,
zu Gottes Kindern.

Horch!

Pat Steir

»Schönheit und Intellekt vereinen sich in Pat Steirs Bildern. Die Bilder lassen sich als Metaphern für die Vorstellungskraft selbst lesen, jenen quecksilbrigen Raum, den Fluß und Veränderung bestimmen.«

Ken Johnson, *New York Times*,
14. November 1997

Illustrationen

All paintings courtesy of Pat Steir:

Seite 6 »Curtain Waterfall,« 1991,
   oil/canvas, 146 x 116
Seite 15 »Peacock Waterfall,« 1990,
   oil/canvas, 179 x 121
Seite 49 »Monk Tuyu Meditating Waterfall,« 1991,
   $149\,^3/_8$ x $114\,^5/_8$
Seite 95 »The Brussels Group: Starry Night,« 1991,
   oil/canvas, $107\,^1/_4$ x $89\,^1/_4$
Seite 139 »Primary Amsterdam Waterfall,« 1990,
   oil/canvas, 59 x 59
Seite 169 »September Evening Waterfall,« 1991,
   oil/canvas, 289,5 cm x 260,0 cm
Seite 211 »Blue & Yellow One Stroke Waterfall,« 1992,
   oil/canvas, 174 x $90\,^3/_4$
Seite 275 »Wolf Waterfall,« 1990,
   oil/canvas, 178 x 97

MARLO MORGAN

Der Bestseller – jetzt erstmals
im Taschenbuch

»Ein überwältigendes Buch.
Eine wunderbare Geschichte über die
mystische Reise einer Frau.«
Marianne Williamson

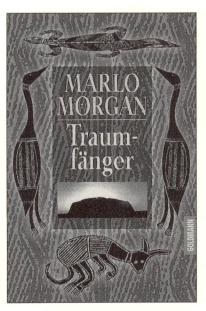

43740

DIETRICH SCHWANITZ

»Schwanitz kann glänzend schreiben,
geistreich und eloquent, manchmal tiefernst, meist
witzig, böse, sarkastisch.«
Die Zeit

»Ich bin für dieses Buch. Ich freue mich,
daß ich es gelesen habe.«
Marcel Reich-Ranicki.

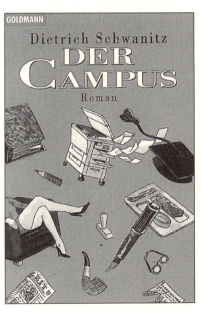

GOLDMANN

43349

NICHOLAS EVANS

Der erfolgreichste Roman der letzten Jahre
erstmals im Taschenbuch

»Eine tiefbewegende,
einzigartige Liebesgeschichte!«
Robert Redford

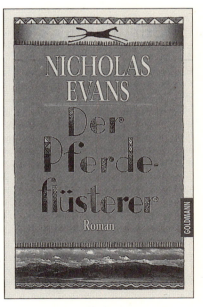

GOLDMANN

43187